ズッコケ文庫・Z-45

ズッコケ 情報公開㊙ファイル

作・那須正幹　原画・前川かずお
作画・高橋信也

もくじ

オンブズマン3
R

作家・那須正幹（なす　まさもと）
一九四二年、広島県に生まれる。島根農科大学林学科卒業。著作に、圧倒的な人気を誇る「ズッコケ三人組のバック・トゥ・ザ・フューチャー」（野間児童文芸賞受賞）を始めとするズッコケ三人組シリーズ、お江戸の百太郎シリーズ（日本児童文学者協会賞受賞）、「折り鶴の子どもたち」、「ねんどの神さま」、「さぎ師たちの空」（路傍の石文学賞受賞）、「ぼくらの地図旅行」（絵本にっぽん賞受賞）など多数。

原画・前川かずお（まえかわ　かずお）
一九三九年、大阪に生まれる。第十一回小学館児童漫画賞受賞。漫画、絵本、さし絵の世界で活躍。さし絵に、那須氏とのコンビによるズッコケ三人組シリーズ、絵本に「くものぴかごろう」「おにがわら」「ほしのこピコまちにくる」「おやこおばけ」「絵巻えほん川」うさぎのとっぴんシリーズ、「おばあさんなんでも相談所」などがある。
一九九三年一月十三日没、享年五十五歳。

作画・高橋信也（たかはししんや）
一九四三年、東京に生まれる。東映動画に入社し、アニメーション映画の制作にたずさわる。現在、フリーのイラストレーターとして、絵本、さし絵に取り組む。作品に、アニメむかしむかし絵本シリーズなど。

ズッコケ情報公開《じょうほうこうかい》㊙《マルヒ》ファイル

那須正幹　作
前川かずお　原画
高橋信也　作画

一、ひょっとこ侍《ざむらい》参上《さんじょう》

1

行灯《あんどん》のともった和室《わしつ》のなかに着物《きもの》すがたの男がふたりすわっている。ひとりは羽織《はお》りを着《き》た商人《しょうにん》ふうの中年男《ちゅうねんおとこ》、もうひとりはねんぱいの男で、こちらは着流《きなが》しの武士《ぶし》だ。

商人ふうの中年男がふろしきにつつんだ菓子折《かしお》りらしい箱《はこ》をたたみの上におくと、向《む》かい側《がわ》にすわっている武士のほうにおしやる。

「ご家老《かろう》さま、これは、ほんのお口《くち》よごしでございます。」

いかにも憎々《にくにく》しいつらがまえの侍《さむらい》が、おもむろに右手で包《つつ》みをひらき、菓子折りのふたをちょっとあけた。菓子折りのなかには小判《こばん》がびっしりならんでいる。

「東海屋《とうかいや》、いつも、すまんのう。」

「なにをおっしゃいますやら。そのかわり、例《れい》のこと、よろしく……」

「わかっておる。わが藩特産《はんとくさん》の藍玉《あいだま》の売買《ばいばい》は、すべて東海屋《とうかいや》にまかせるよう、とりはからうてやる。百姓《ひゃくしょう》からいくらでしいれて、他国《たこく》でいくらで売ろうが、おまえの思うままだ。」

「かたじけのうございます。しかし、ほかのご重役《じゅうやく》がご承知《しょうち》になりますかどうか。」

「心配《しんぱい》いたすな。殿《との》は、ほかの連中《れんちゅう》がなにをいうても、耳をおかしにはならぬわ。それにしても東海屋、お主《ぬし》も悪《わる》じゃのう。」

ねんぱいの武士《ぶし》が、にやりとわらう。

「へへ、ご家老《かろう》さまほどでは……。」

商人風《しょうにんふう》の男もにやりとわらい、ふたりは声を合わせて高笑《たかわら》いをはじめた。

と、その声に合わせるように障子《しょうじ》の外からも笑《わら》い声《ごえ》がきこえ、ふたりはぎょっとしたように障子のほうを見る。障子にうつるまっ黒い人影《ひとかげ》……。

「うっ、なにやつ……。」

武士が刀《かたな》をひきよせたとたん、障子がからりとひらいて、黒い着物《きもの》にひょっとこの面《めん》をかぶった武士がへやにはいってきた。

「葛木《かつらぎ》藩《はん》筆頭《ひっとう》家老《がろう》岡山《おかやま》主膳《しゅぜん》、ならびに東海屋《とうかいや》市兵衛《いちべえ》。おまえたちの悪事《あくじ》、このひょっとこ侍《ざむらい》が、すべておみとおしだぜ。」

「ちょこざいな。」

ねんぱいの武士《ぶし》が刀《かたな》をぬきはなって仮面《かめん》の男に斬《き》りかかるが、かんたんに刀をはじきとばされる。

「ええい、くせ者《もの》じゃ、であえ、であえ。」

おおぜいの足音《あしおと》がして、何人もの侍《さむらい》がへやにとびこんできて、チャンバラがはじまった。

そこで、コマーシャル……。

テレビをながめていた太《ふと》めの少年が、大きなため息《いき》をついた。

ここは、ミドリ市《し》花山《はなやま》町にある市営《しえい》アパートの一室《いっしつ》である。

テレビのまえには、これまた太めの女性《じょせい》がくつろいでいる。

「三吉《さんきち》、ちょっと冷蔵庫《れいぞうこ》からコーラとってきてよ。」

高校生くらいの女性が、太めの少年に声をかける。

「姉《ねえ》ちゃんとってきなよ。ぼく、さっき、ポテトチップス持ってきてやったじゃないか。」

太《ふと》めの少年が首《くび》をふった。

「いいじゃないの。台所《だいどころ》にはあんたのほうが近いのよ。」

「もう、コマーシャル終わっちゃうもの。」

なかなか立ちあがらない少年に、ついに女子高校生が、よっこらしょとばかり腰《こし》をあげた。

「いいわよ。いいわよ。そのかわりコーラあげないからね。」

冷蔵庫《れいぞうこ》からコーラのボトルをとりだすと、コップになみなみとついで、テーブルにはこんだ。テーブルの上には、すでにからっぽになったポテトチップスとチョコレート菓子《がし》のふくろがころがっていた。

やがてコマーシャルが終わると、画面《がめん》では、はでな立《た》ち回《まわ》りがはじまり、ひょっとこ侍《ざむらい》は、つぎつぎと敵《てき》を斬《き》りたおし、のこるは家老《かろう》と悪徳商人《あくとくしょうにん》のふたりだけになってしまった。

「てめえたちもてめえたちだが、こんな連中《れんちゅう》をのさばらしている殿《との》さまも殿さまだ。ちょいとお城《しろ》にあがって、殿さまに意見《いけん》してこようか。やい、岡山主膳《おかやましゅぜん》、お城に案内《あんない》しろ。」

場面《ばめん》がかわって、ここは城の一室《いっしつ》。いかにも馬鹿殿《ばかとの》といった顔《かお》つきの若者《わかもの》が、腰元《こしもと》にかこまれてお酒《さけ》を飲《の》んでいる。

裃《かみしも》すがたの侍《さむらい》がはいってきて、平伏《へいふく》した。

「ただいまご家老《かろう》が、火急《かきゅう》の御用《ごよう》でまいられました。」

「なに、家老が……。藩《はん》のことは、まかせておる。なにごとも、よきにはからえ。」

馬鹿殿が、めんどうくさそうに手をふったとたん、広間《ひろま》のふすまがひらいて、家老と東海屋《とうかいや》がころがりこんできた。そして、そのうしろから、例《れい》のひょっとこのお面《めん》をかぶった侍もはいってくる。

「殿さまがそんなことだから、藩のなかに悪い虫がはびこるんだ。おい、殿さま、ちったあ、目をひらいて、領民《りょうみん》の暮《く》らしぶりをながめてみちゃあどうだ。民百姓《たみひゃくしょう》は、みんな泣《な》いているぜ。」

「な、なにものだ。」

「ひとよんで、ひょっとこ侍《ざむらい》……。またの名を、将軍《しょうぐん》さまご支配《しはい》、諸国見張《しょこくみは》り役《やく》、轟《とどろく》飛馬《ひゅうま》……。」

　ひょっとこ侍が、ふところから書《か》き付《つ》けをとりだす。

　なにやらむずかしい文字の書かれた書き付けを見たとたん、殿《との》さまは、あわてて座《ざ》布団《ぶとん》の上からすべりおりて下手《しもて》に平伏《へいふく》する。ひょっとこ侍は殿さまのいた上座《かみざ》にすわると、じろりと広間《ひろま》を見まわした。

「役目《やくめ》から、ことばをあらためる。葛木藩主田坂山城守《かつらぎはんしゅたさかやましろのかみ》に申《もう》しつける。かねてより、葛木藩内において、さまざまな悪政《あくせい》のうわさあり。内々《ないない》にしらべたるところ、家老岡《かろうおか》山主膳《やましゅぜん》の不正《ふせい》があかるみに出た。不正の内容《ないよう》は、ここにくわしく書きとめてあるので、藩主みずからがよくよく目をとおし、厳正《げんせい》なる裁《さば》きをするよう、きっと申しつける。よいか。」

　ひょっとこ侍が書き付けを殿さまのまえにつきだす。殿さまは書き付けをおしいただいた。

「ひ、ひょっとこ侍《ざむらい》……。あ、いや、諸国見張《しょこくみは》り役《やく》さま。わが藩《はん》は、こののちどうなるのでございましょうか。ご公儀《こうぎ》のおとがめは、いかに……」

「心配《しんぱい》しなくてもいいぜ。おいらは将軍《しょうぐん》さま直々《じきじき》の諸国見張り役だ。老中《ろうじゅう》や大目付《おおめつけ》とは関係《かんけい》ねえ。このことを幕府《ばくふ》のお偉《えら》がたに知らせるつもりはねえよ。しかし、もし、このままほったらかしにするようなことがあれば、この面《めん》が火を吹《ふ》くぜ。」

ひょっとこ侍は、殿《との》さまの鼻《はな》さきに、ぐいとお面をつきだす。が、すぐにひらりと身をひるがえして広間《ひろま》を出ていく。あとにのこった連中《れんちゅう》は、ただただ、あぜんとした顔《かお》でうしろすがたを見おくるばかりだった。

場面《ばめん》がふたたびかわり、旅人《たびびと》のいきから街道筋《かいどうすじ》で、百姓《ひゃくしょう》らしい老人《ろうじん》とかわいらしい娘《むすめ》が、若《わか》い浪人《ろうにん》ふうの武士《ぶし》と別《わか》れを惜《お》しんでいる。

「なんとお礼を申《もう》しあげてよいやら。おかげさまで藍玉《あいだま》の取り引きをひとりじめしようとした東海屋《とうかいや》はおめしとりになり、家老《かろう》の岡山《おかやま》さまは切腹《せっぷく》されたとか。藍玉農家《あいだまのうか》のものたちは、みな大よろこびしております。」

老人が、うれしそうに報告《ほうこく》する。

「ほう、そうかい。殿《との》さまも、やっと目がさめたらしいなあ。」

若《わか》い娘《むすめ》が、いくぶん悲《かな》しそうに若侍《わかざむらい》を見あげた。

「轟《とどろき》さま、これから、どちらにいかれるんですか。」

「さあて、そいつはせなかのひょっとこにきいてくんな。」

くるりとまわれ右《みぎ》して歩きだした武士《ぶし》のせなかには、例《れい》のひょっとこのお面《めん》がゆれていた。

エンディングテーマがながれるなか、ひょっとこ侍《ざむらい》のうしろすがたが、しだいに小さくなっていく。

太《ふと》めの少年は、思わずパチパチと拍手《はくしゅ》した。

「良かったねえ。これで、葛木藩《かつらぎはん》のお百姓《ひゃくしょう》さんも、しあわせになれるなあ。」

少年は感《かん》にたえないといった顔《かお》つきで、なおも画面《がめん》に見いっている。
「ちょっとできすぎじゃないの。いままでなにもしてなかった殿さまが、書《か》き付《つ》け一枚《まい》よんだくらいで、藩政改革《はんせいかいかく》ができるかしら。」
「だって、悪いやつがいなくなったんだもの。」

太《ふと》めの少年は、すっかりなっとくしているようすだ。

「まあね、テレビの時代物《じだいもの》なんて、こんなものよねえ。現実《げんじつ》とはちがうんだから。」

太めの少年の姉《あね》も、それ以上《いじょう》テレビの批評《ひひょう》はしないつもりらしい。飲《の》みのこしのコーラを飲みほすと、立ちあがった。

「さてと、おふろにはいろうかなあ。」

「お母さん、おそいねえ。」

太めの少年がへやの入り口をふりかえる。

「転勤《てんきん》するひとの送別会《そうべつかい》があるっていってたから、十時すぎるんじゃないの。」

姉《ねえ》さんは、さきほどのテーマ曲《きょく》を鼻《はな》でうたいながら風呂場《ふろば》へとむかい、太めの少年は、またしてもテレビに目をやった。画面《がめん》はいつのまにかニュースにかわっていた。

「昨日《さくじつ》、収賄《しゅうわい》の容疑《ようぎ》で起訴《きそ》された国元一郎《くにもといちろう》被告《ひこく》は、弁護士《べんごし》をつうじて、さきに贈賄《ぞうわい》の容疑で起訴された大和建設社長《やまとけんせつしゃちょう》大和貞雄《やまとさだお》からうけとった二千万円は、純然《じゅんぜん》たる政治献《せいじけん》金《きん》であり、業者《ぎょうしゃ》にべんぎをあたえた記憶《きおく》もない。よって国会議員《こっかいぎいん》を辞職《じしょく》する意思《いし》はない旨《むね》を明らかにしました。」

画面《がめん》に、赤《あか》ら顔《がお》の男の写真《しゃしん》がうつしだされた。

この男は、たしか、国土交通大臣《こくどこうつうだいじん》だったはずだ。業者《ぎょうしゃ》からお金をもらうなんて、さっきの『ひょっとこ侍《ざむらい》』に登場《とうじょう》した家老《かろう》とそっくりではないか。

ゆるせない……。ぼくが、ひょっとこ侍なら、こんなやつをギタギタにしてやるけどなあ。太《ふと》めの少年は、画面の男をにらみつけたものである。

2

太めの少年の名前《なまえ》は奥田三吉《おくださんきち》、花山《はなやま》第二小学校の六年一組、性格《せいかく》がのんびりしているところから、友だちからはモーちゃんと呼《よ》ばれていた。

よく朝《あさ》、モーちゃんは、いつものごとくおそめの食事《しょくじ》をとり、ゆっくりとトイレをすませたのち、へやを出た。モーちゃんの家族《かぞく》は、母親《ははおや》と姉の三人暮《ぐ》らしで、母親は、すでに会社に出かけ、高校一年の姉《ねえ》さんも十分前に家をとびだしていった。

二号館《ごうかん》の入り口におりたつと、おなじ年《とし》ごろのやせためがねの少年が立っていた。

「ハカセちゃん、おはよう。いつもすまないねえ。待《ま》っていてくれたんだ。」

モーちゃんは、友人《ゆうじん》に感謝《かんしゃ》のことばを発《はっ》した。

「あと二十二秒《びょう》まって出てこなかったら、さきにいくつもりだったんだけどね。」

めがねの少年はそういいすてると、せかせかと歩きはじめた。ハカセと呼《よ》ばれためがねの少年の名前《なまえ》は山中正太郎《やまなかしょうたろう》、モーちゃんとおなじ市営《しえい》アパートに住んでいるし、クラスもおなじ六年一組だった。

「もう、すっかり夏になっちゃったなあ。」

モーちゃんが晴《は》れわたった空を見まわす。先週《せんしゅう》まで降《ふ》っていた雨がやんだとたん、暑い日ざしが照《て》りつけるようになった。

「あと五日で夏休みだからね。夏休み前に梅雨《つゆ》があがってよかったよ。」

めがねの少年も、目をほそめながら青空を見あげる。

「ああ、そうそう。国元大臣《くにもとだいじん》は、国会議員《こっかいぎいん》をやめないんだってね。悪いことをしてるのに、ずうずうしいなあ。」

モーちゃんが、昨夜《さくや》のニュースについて報告《ほうこく》すると、ハカセも、かるくうなずいた。

「正確《せいかく》にいえば、前大臣だけどね。今回《こんかい》の疑惑《ぎわく》が発覚《はっかく》した時点《じてん》で、大臣は辞任《じにん》しているから。でも、めずらしいなあ。きみが政治《せいじ》に興味《きょうみ》を持つなんて。」
「ぼくだって、世《よ》のなかのことには興味があるよ。とくに悪い政治家《せいじか》はゆるせない。」
モーちゃんは、まるい顔《かお》をひきしめてみせる。ほんとは、この顔が轟飛馬《とどろきひゅうま》に似《に》てい
れば、いうことはないのだが、モーちゃん自身《じしん》、そこまでうぬぼれは強くない。
「そうだねえ。国会議員《こっかいぎいん》というのは、国民《こくみん》の信任《しんにん》を得《え》て国政《こくせい》にあたっているわけだか
らね、それをうらぎるようなことをした場合《ばあい》は、ただちに辞職《じしょく》すべきだよ。ただ、本
人は業者《ぎょうしゃ》からもらったお金は、あくまで政治献金《せいじけんきん》だと主張《しゅちょう》しているし、べんぎをは
かったこともないと主張しているからなあ。」
ハカセも、前国土交通大臣《ぜんこくどこうつうだいじん》のニュースは見ているようだ。この少年、ニックネーム
のとおり、世のなかのことに精通《せいつう》している。テレビニュースもよく見ているし、毎日
の新聞《しんぶん》だって、第一面から目をとおしている。新聞といえばテレビ欄《らん》しか見ない、そ
のへんの小学生とはわけがちがうのだ。
「ああ、こんなとき、ひょっとこ侍《ざむらい》がいて、悪事《あくじ》をあばいてくれたらなあ。」
モーちゃんがため息《いき》をついたとたん、ハカセは、けげんな顔をする。

「ひょっとこ侍《ざむらい》って、なに……？」

「あれ、知らないの。テレビの時代物《じだいもの》でさあ、名倉裕作《なぐらゆうさく》が諸国見張《しょこくみは》り役轟飛馬《やくとどろきひゅうま》になって、悪《わる》い家老《かろう》や、悪徳商人《あくとくしょうにん》をこらしめるんだ。小学生にも、けっこう人気《にんき》があるんだよ。」

「あっ、そう。ぼくはドラマは興味《きょうみ》ないからな。でも、そんな内容《ないよう》なのに、タイトルが、どうしてひょっとこ侍というの。」

「名倉裕作は、いつもは浪人《ろうにん》みたいなかっこうをしているけど、悪人《あくにん》をこらしめるときは、ひょっとこのお面《めん》をかぶってるんだ。」

「そうか、それで『ひょっとこ侍』なのか。ふうん……」

ハカセが、いたく感心《かんしん》したような声をあげたので、モーちゃんはなんとなくうれしくなった。

「ゆうべもさあ、葛木藩《かつらぎはん》の家老《かろう》が悪い商人から賄賂《わいろ》をとって、藩《はん》の特産品《とくさんひん》の藍玉《あいだま》取り引きをひとりじめにさせようとしたんだ。それを諸国見張り役、ひょっとこ侍が、ひそかに調査《ちょうさ》して、家老と商人をつかまえて、殿《との》さまのまえで悪事《あくじ》をあばいたんだよ。

藍玉《あいだま》っていうのは、染《そ》めものにつから原料《げんりょう》なんだってね。ハカセちゃん、知ってた。」

「藍色《あいいろ》の染料《せんりょう》だろ。むかしはアイというタデ科の植物の葉《は》を発酵《はっこう》させてつくっていたんだ。発酵させた葉っぱを、杵《きね》でつきかためたから、それで藍玉って呼《よ》んだんだろうな。」

さすがにハカセだけあって、なんでもよく知っている。が、すぐにふたたび首《くび》をかしげた。

「でも、諸国見張《しょこくみは》り役《やく》っていうのは、きいたことないよ。どんな役目《やくめ》なの。」

「将軍《しょうぐん》さまの家来《けらい》で、全国をまわって民百姓《たみひゃくしょう》をいじめる役人《やくにん》とか悪徳商人《あくとくしょうにん》をこらしめるのさ。」

「将軍の家来ということになると旗本《はたもと》だよねえ。将軍直属《しょうぐんちょくぞく》の秘密捜査官《ひみつそうさかん》ということは、お庭番《にわばん》かもしれないな。江戸城《えどじょう》のお庭番というのは、おもてむきは庭《にわ》の掃除《そうじ》や手入れをしているんだけど、じつは隠密《おんみつ》なんだ。ときどき将軍の命令《めいれい》で、諸国の大名《だいみょう》の動静《どうせい》をさぐっていたらしいよ。」

「ふうん、そうなの。くわしいことは知らないけど、とにかくかっこいいんだ。そうだ、ハチベエちゃんもファンだからきいてごらんよ。あの子なら、諸国見張り役《しょこくみはりやく》のこと、よく知ってると思うなあ。」

モーちゃんが、クラスメイトの名前《なまえ》をあげた。

ふたりが始業《しぎょう》ベルぎりぎりに教室《きょうしつ》にはいると、うわさのテレビ通《つう》も、運動場《うんどうじょう》からもどってきたところだった。

「ああ、『ひょっとこ侍《ざむらい》』ね。ゆうべもやってたじゃないか。歌手《かしゅ》の桑野良美《くわのよしみ》も出てたよなあ。あの子、ドラマははじめてじゃないの。」

さっそく芸能情報《げいのうじょうほう》をひろうしはじめた。

「あのね、轟飛馬《とどろきひゅうま》は、諸国見張り役でしょう。諸国見張り役というのは、お庭番《にわばん》なの。」

モーちゃんが、あわてて質問《しつもん》する。

「お庭番……？　なんだよ、それ。」

「ぼくは、ドラマ見ていないから知らないけれど、諸国見張り役という役目《やくめ》の性格《せいかく》がわからないんだ。それで、お庭番のようなものなのかなって思ったのさ。お庭番というのは、将軍直属《しょうぐんちょくぞく》の情報網《じょうほうもう》で、将軍の命令《めいれい》で諸国《しょこく》の大名《だいみょう》の動静《どうせい》をさぐっていたのさ。つまり公儀隠密《こうぎおんみつ》なんだ。」

よこから、ハカセも口をひらいた。

「隠密ねえ。うん、そうかもしれない。」

「でも、ひょっとこ侍《ざむらい》が幕府《ばくふ》の隠密だとすれば、ちょっと矛盾《むじゅん》があるんだよ。当時《とうじ》は藩《はん》の独立《どくりつ》がみとめられていて、正式《せいしき》な訴《うった》えがないかぎり、幕府も藩の内政干渉《ないせいかんしょう》はできない。しかし、幕府も諸国の大名の動向《どうこう》は気になるから、隠密を潜入《せんにゅう》させて調査《ちょうさ》をしているんだけれど、それはあくまでも秘密《ひみつ》だから、もし、彼《かれ》らが藩の連中《れんちゅう》に見つかれば、ただちに殺《ころ》されるし、殺されても幕府は文句《もんく》がいえなかったらしいよ。」

「そんなもんかねえ。だったらひょっとこ侍は隠密じゃないな。だって、将軍さまのお墨付《すみつ》きを見せて、殿《との》さまに説教《せっきょう》するんだもの。」

「そこがおかしいんだよ。だいたい諸国見張《しょこくみは》り役《やく》なんて役目《やくめ》は、きいたことないなあ。」

ハカセは、おおげさに首《くび》をかしげてみせる。

「いいじゃねえか。おまえだって、タイムマシンで江戸時代《えどじだい》を見てきたわけじゃないだろ。もしかしたら、そんな役目《やくめ》の人間《にんげん》がいたかもしれないいじゃないか。」

ハチベエは、こまかなことにはこだわらないたちなのだ。

ハカセも、これ以上《いじょう》、この少年に歴史《れきし》の矛盾《むじゅん》を主張《しゅちょう》しても、しょうがないと判断《はんだん》したらしい。

「ようするに、ひょっとこ侍《ざむらい》というのは、江戸時代のオンブズマンと解釈《かいしゃく》すればいいわけだな。」

そう、結論《けつろん》をだした。

と、こんどは、ハチベエのほうがふしぎ

そうにまっ黒い顔《かお》をかたむける。

「なんだよ、そのオンブっていうのは、おんぶおばけの一種《いっしゅ》か。」

「オンブズマン……。なんていうのかな。国や地方の行政《ぎょうせい》の見張《みは》り役《やく》っていうところかなあ。国が税金《ぜいきん》のむだづかいをしていないかどうか、政治《せいじ》が正しくおこなわれているか、チェックするんだよ。」

「なるほど、なるほど。そのオンブズマンというのも将軍《しょうぐん》さまの家来《けらい》なのか。」

「まさか……。ごくふつうの市民《しみん》がボランティアでやってるのさ。いまは、情報公開《じょうほうこうかい》の時代《じだい》だからね。一般《いっぱん》の市民でも国や都道府県《とどうふけん》の情報を見せてもらえるんだ。その情報をもとに不適切《ふてきせつ》なお金のつかいかたがされていないかどうか、チェックするんだよ。」

「それで、悪い家老《かろう》とか馬鹿殿《ばかとの》がいたら、こらしめるんだな。」

「いまは家老とか殿さまなんていないよ。いまでいえば都道府県とか市町村《しちょうそん》だね。殿さまは県知事《けんちじ》、家老は、助役《じょやく》というところかなあ。彼《かれ》らが、公金《こうきん》をむだづかいしていたら返還《へんかん》をもとめるし、ときには彼らの責任《せきにん》を追及《ついきゅう》して、処罰《しょばつ》をもとめることもできるんだ。」

「すごいじゃないか。うん、ひょっとこ侍《ざむらい》というのは、その、オンブなんとかだぜ。そうか、いまの世《よ》のなかにも、ひょっとこ侍がいるんだなあ。」

ハチベエが、いたく感心《かんしん》した顔《かお》つきになった。が、やがてのこと、ハカセの顔をのぞきこんだ。

「おまえ、さっき、オンブなんとかは、ふつうの市民《しみん》だっていってたよなあ。それって、試験《しけん》かなにかあるの。」

「そんなものはないよ。その国に住んでいるひとなら、だれもが国の情報《じょうほう》を得《え》ることができるし、その県《けん》とか市町村《しちょうそん》の情報も請求《せいきゅう》できるんだ。」

「て、いうことは、おれがオンブなんとかにもなれるってことか。」

「きみが……」

ハカセは、まじまじとクラスメイトの顔をながめた。

「だってよ。おれだって、日本国稲穂県《いなほけん》ミドリ市《し》に住んでるんだぜ。だったらオンブなんとかになってもいいんだろ。」

「ううん、まあ、りくつからいえば、そういうことだねえ。」

ハカセがこたえたとき、教室《きょうしつ》に、頭《あたま》のはげたこがらな男がはいってきた。

六年一組の担任《たんにん》、宅和源太郎《たくわげんたろう》先生である。

3

ハチベエの本名《ほんみょう》は、八谷良平《はちやりょうへい》という。花山商店街《はなやましょうてんがい》のやお屋《や》のひとり息子《むすこ》で、ハカセやモーちゃんとは、低学年のころからのつきあいだった。のんびりやのモーちゃん、物知《ものし》りだが、しょうしょう性格的《せいかくてき》に欠陥《けっかん》のあるハカセ、それにおっちょこちょいのハチベエと、およそ人間性《にんげんせい》のことなる人種《じんしゅ》が、決定的《けっていてき》な仲《なか》たがいもせずにむれていられるのか、本人たちにもよくわからない。クラスでは、この三人のことをズッコケ三人組などとかげぐちをたたくやからもいる。

ハチベエは、生来《せいらい》ものごとを深くかんがえるのがきらいなたちだが、今回のことに関《かん》しては、おおいにかんがえるところがあった。

彼《かれ》も時代劇《じだいげき》のひょっとこ侍《ざむらい》をこよなく尊敬《そんけい》していたし、できるものなら自分自身《じぶんじしん》も、彼《かれ》のように悪人《あくにん》たちをこらしめてやりたい。
なにより彼がひょっとこ侍《ざむらい》にあこがれるのは、毎週登場《とうじょう》する美女《びじょ》たちにも、おおいに関係《かんけい》があった。彼女《かのじょ》たちは、かならずといってよいほど、ひょっとこ侍こと、轟飛馬《とどろきひゅうま》にほのかな恋心《こいごころ》をいだくのである。しかし、飛馬のほうは、彼女たちの熱《あつ》い視線《しせん》を背《せ》にしながら、さっそうと去《さ》っていくのである。
いちどでいいから、あんなシーンを体験《たいけん》したい。ハチベエは、つねづねそう思っていたのだ。ところが、はからずもハカセから、耳よりの情報《じょうほう》を得《え》たのである。ひょっとこ侍は、なにも江戸時代《えどじだい》や、テレビドラマのなかだけの存在《そんざい》ではない。オンブズマンとやらは、まさに現代《げんだい》のひょっとこ侍なのだ。
彼《かれ》の脳細胞《のうさいぼう》には、つぎのような公式《こうしき》がインプットされた。
ひょっとこ侍＝オンブズマン
ひょっとこ侍＝女にもてる
ゆえに、
オンブズマン＝女にもてる

そうとわかれば、ハチベエとしては、オンブズマンになるしかないではないか。

問題《もんだい》は、どうやって悪人《あくにん》を見つけるかということだ。まあ、このへんのことは、なにもハチベエがなやむことはない。

ハチベエがオンブズマンになるということは、当然《とうぜん》、ハカセやモーちゃんもオンブズマンになるということなのだから、ややこしいことは、すべてハカセになやませればいい。

このあたりの発想《はっそう》が、いかにもハチベエのハチベエたるゆえんなのだ。

その日の昼休《ひるやす》み、ハチベエは、ハカセとモーちゃんを呼《よ》びつけた。

「ええと、けさのつづきだけどよ。おれたち、オンブズマンになれることになったろ。だから、どうやって悪《わる》い役人《やくにん》を見つけるか、おまえたちもかんがえてくれよな。」

「ええ、ぼくらもオンブズマンになるの。」

モーちゃんが、ほそい目をまるくした。

「おまえだって、ひょっとこ侍《ざむらい》がかっこいいと思うだろう。」

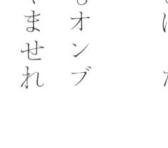

「うん、思うよ。」

「おまえも、悪《わる》い代官《だいかん》とか、家老《かろう》をやっつけたいだろう。」

「うん、やっつけたい。」

「だったらオンブズマンになるっきゃ、ないだろう。」

「ううん、そうか、そうだねえ。」

モーちゃんだって、厚《あつ》い皮下脂肪《ひかしぼう》の下には、正義《せいぎ》の血《ち》が燃《も》えているのだ。

「よし、決まった。おまえもオンブズマンにしてやろう。ハカセはもちろんなるよなあ。」

ハチベエが、やおらめがねの友人《ゆうじん》を見つめる。オンブズマンなるものについて、ただひとりの情報源《じょうほうげん》であるこの少年は、ちょっとかんがえこんだ。

「オンブズマンかあ。おもしろいかもしれないねえ。政府《せいふ》のことや県庁《けんちょう》や市役所《しやくしょ》のことをしらべれば、社会科《しゃかいか》の勉強になるし、総合学習《そうごうがくしゅう》のテーマになるかもね。」

この少年は、勉強と名《な》がつけば、なんでもやりたがるのだ。

「ようし、決まった。さてと、まずてはじめに、悪徳商人《あくとくしょうにん》から賄賂《わいろ》をもらっている、

「すごいなあ。ハチベエちゃん、ぼくらで、賄賂《わいろ》をもらっている役人を見つけて、悪《わる》い役人《やくにん》を見つけだす方法《ほうほう》をかんがえようぜ。」

やっつけるの。」

「あたりまえさ。うん、民百姓《たみひゃくしょう》や町人《ちょうにん》をいじめているやつもゆるさねえ。」

「そうか、オンブズマンは、現代《げんだい》の諸国見張り役《しょこくみはりやく》だものね。」

モーちゃんも、すっかりその気になったようだ。

「だったら、ぼくらも名前をつけようよ。ひょっとこ侍《ざむらい》……じゃなくて、オンブズマン侍なんて、どうかなあ。」

「オンブズマン侍かあ、ちょっとダサいんじゃないの。三人でやるんだから、オンブズ・スリーとか、オンブズマン・スリーとか、横文字《よこもじ》がいいんじゃないのか。」

「あ、それいいよ。オンブズマン・スリー……。かっこいいよ。」

「よし、よし、きょうからおれたちはオンブズマン・スリーと名のることにしよう。」

ハチベエは、会心《かいしん》の笑《え》みをもらしたものである。

名前はできたものの、かんじんの悪い役人を見つけるにはどうしたらいいのか。

「県庁《けんちょう》や、市役所《しやくしょ》には、情報公開《じょうほうこうかい》をしているところがあって、県民《けんみん》や市民《しみん》からの公開《こうかい》請求《せいきゅう》をうけつけているんだ。そこにいけば、なにか資料《しりょう》がもらえるかもしれないね。」

ハカセが、提案《ていあん》した。

「そうだ、こんどの夏休みの自由研究《じゆうけんきゅう》にしてもいいなあ。」

「おまえなあ。おれたちは、正義《せいぎ》のためにたたかってるんだぞ。夏休みの自由研究なんて、ふまじめなことをいうなよ。」

ハチベエが同志《どうし》をたしなめる。

「ねえ、ねえ、きのうの晩《ばん》、テレビで見たんだけど、国元《くにもと》っていう国会議員《こっかいぎいん》のこと、しらべてみない。あいつ、業者《ぎょうしゃ》からお金もらっていたんだって。」

モーちゃんが、顔《かお》をかがやかせる。

「あれは、もう、警察《けいさつ》につかまってるんだろ。まだ、つかまってないやつをつかまえなくちゃあ。」

「やはり情報をあつめなくちゃあいけないね。家《いえ》のひとや、近所《きんじょ》のひとにきいてみようか。県会議員《けんかいぎいん》とか市会議員《しかいぎいん》の不正行為《ふせいこうい》のうわさでもいいし、県庁《けんちょう》とか市役所《しやくしょ》のやりかたでこまっていることはないか。」

ハカセが、アイディアをだした。

「そうか、ひょっとこ侍《さむらい》も居酒屋《いざかや》なんかで、情報《じょうほう》をあつめてるもんなあ。おれたちも町の連中《れんちゅう》にきいて、民百姓《たみひゃくしょう》を泣《な》かしているやつがいないかどうか、しらべてみよう。」

ハチベエも、大きくうなずいた。

その日、家《いえ》に帰ったハチベエは、さっそく店番《みせばん》をしていた母親《ははおや》にたずねてみた。

「母ちゃん、近ごろ、なにかこまってることないか。」

「そうだねえ。おまえが勉強《べんきょう》しなくてこまってるねえ。」

「そんなことじゃなくて、悪《わる》い役人《やくにん》にいじめられているとか、政治家《せいじか》が悪徳商人《あくとくしょうにん》から賄賂《わいろ》をとってるとか。」

「役人なら、しょっちゅういじめられてるよ。税金《ぜいきん》が高くてさあ。うちみたいな個人《こじん》商店《しょうてん》からも、がっぽり税金をとるんだよ。もっともうかってるところから、とってくりゃいいんだ。」

「税金が高いのは、悪い政治家がいるからだよねえ。そいつはだれなの。」

「知らないよ。だれなのかねえ。総理大臣《そうりだいじん》じゃないのかい。」

「総理大臣か。こいつはてごわいなあ。」

さすがのハチベエも、ちょっとこまった。のっけから強敵《きょうてき》があらわれたのだ。

「ええと、もっとてぢかなことでこまってることないの。」

「駅前《えきまえ》の道路工事《どうろこうじ》、まだ終わってないだろ。あれ、早くしてほしいんだけどね。アーケードの入り口ちかくを掘《ほ》りかえしてるから、お客《きゃく》がよりつかなくなってるんだ。」

「なるほどね、だれかが妨害《ぼうがい》しているのかもしれないなあ。」

これは、しらべてみるひつようがある。

と、そこへ父親《ちちおや》が配達《はいたつ》から帰ってきた。

「父ちゃん、父ちゃん。このへんに悪《わる》い政治家《せいじか》はいないかなあ。」

「悪い政治家……?　政治家なんて、どいつもこいつも悪いやつさ。悪くなけりゃあ、政治家なんかつとまらないいんじゃねえのか。」

「へえ、そうなの。じゃあ、みんな賄賂《わいろ》をもらってるんだ。」

「みながみな、賄賂をもらっているとはいえないかもしれないが、たいていの政治家は、あちこちから金をあつめて活動資金《かつどうしきん》にしているんじゃないのか。なにせ、選挙《せんきょ》となると金がかかるからなあ。一丁目《ちょうめ》に住んでる市会議員《しかいぎいん》の溝口《みぞぐち》さん、あのひとも去年《きょねん》の選挙に二千万円つかったそうだぜ。市会議員でも二千万円だぞ。国会議員《こっかいぎいん》となりゃあ、もっとかかるだろう。」

選挙にそんなにお金がかかるのなら、賄賂《わいろ》をもらうやつが出てもおかしくない。

「じゃあ、溝口さんも、だれかから賄賂をもらってるね。」

とたんに、父親《ちちおや》が、あたりを見まわした。

「ばか、めったなことをいうもんじゃねえ。あの先生には、ここの商店街《しょうてんがい》は、いろいろ世話《せわ》になってるんだからな。駅前《えきまえ》の舗装工事《ほそうこうじ》だって、先生のくちききで、よその工事より優先的《ゆうせんてき》にはじまったんだぞ。」

「でも、工事が長びいてお客《きゃく》がへったんだろ。」

「そいつも、いま、早くしてもらうように商店組合《しょうてんくみあい》から先生におねがいしているとこだ。いいか、溝口先生の悪口《わるくち》なんか、よそでいうんじゃないぞ。」

父親がこわい顔《かお》をした。

しかし、おかしいのは父親《ちちおや》のほうではないか。いくら地元《じもと》の議員《ぎいん》だからといって、地元ばかり、えこひいきをしてもいいものだろうか。父親には悪《わる》いが、これもおおいにしらべてみるひつようがありそうだ。

4

ハカセの家《いえ》も、花山団地《はなやまだんち》の市営《しえい》アパートにある。

なにごとによらず研究熱心《けんきゅうねっしん》なハカセは、家にもどると、すぐに花山駅前《はなやまえきまえ》の本屋《ほんや》で『市民《しみん》オンブズマン入門《にゅうもん》』という本を購入《こうにゅう》して、わが家《や》のトイレにこもると、さっそく読みはじめた。

この少年、読書《どくしょ》をしたり、考《かんが》えごとをするときには、トイレの便器《べんき》に腰《こし》をおろすという、はなはだ個性的《こせいてき》な習慣《しゅうかん》があるのだ。

さて、この本によれば、オンブズマンということばは、もともとはスウェーデン語だったそうだ。スウェーデンでは、十九世紀《せいき》のはじめから国や地方《ちほう》の政治《せいじ》を監視《かんし》して、市民からの苦情《くじょう》を中立《ちゅうりつ》の立場《たちば》から解決《かいけつ》するオンブズマンが、高い権威《けんい》をもって活動《かつどう》していて、それが世界各地《せかいかくち》にひろがっていったのだ。

つまり、国や都道府県《とどうふけん》や市町村《しちょうそん》といった、あらゆる役所《やくしょ》や議会《ぎかい》を対象《たいしょう》に、役人《やくにん》がきちんと仕事《しごと》をしているか、不公平《ふこうへい》や不正《ふせい》がないかをチェックする個人《こじん》やグループ、これがオンブズマンである。「マン」が、男性名詞《だんせいめいし》ということから、最近は男女の別《べつ》なく使用《しよう》できるオンブズパーソンと呼《よ》ぶこともある。

神奈川県川崎市《かながわけんかわさきし》のように、一九九〇年から市役所自身《しやくしょじしん》がオンブズマン制度《せいど》を採用《さいよう》して、外部のひとにチェックしてもらっているところもあって、こうした制度は全国にひろがりつつある。

ただ、日本の場合、市民《しみん》の自主的《じしゅてき》なボランティア活動《かつどう》が主体《しゅたい》で、こうした活動を市民オンブズマンと呼《よ》んでいる。

このほか、新聞《しんぶん》の報道《ほうどう》を監視《かんし》する新聞オンブズマンとか、病院《びょういん》の医療《いりょう》ミスを監視する医療オンブズマン、企業《きぎょう》の活動《かつどう》を外部から監視する企業オンブズマンというのもあるそうだ。

オンブズマン活動ときりはなせないのが、情報公開制度《じょうほうこうかいせいど》の普及《ふきゅう》である。国や地方公《ちほうこう》共団体《きょうだんたい》は、役所《やくしょ》の情報《じょうほう》を、できるだけ公開《こうかい》することが義務《ぎむ》づけられるようになってきたのだ。

たとえば役所は、税金《ぜいきん》をどんな目的《もくてき》につかっているかということを、国民《こくみん》に公開しなくてはならなくなった。

と、いうことは、ぎゃくにいえば、これまでお役所というところは、自分《じぶん》たちの仕事《しごと》については、国民にできるだけ知らせていなかったということにもなるし、税金のつかいかたも、かなりむちゃくちゃだったということだ。

これまで市民《しみん》オンブズマンが調査《ちょうさ》した、税金のむだづかいの例《れい》が、この本にもいろいろ書かれてあった。

ある県《けん》の東京事務所《とうきょうじむしょ》が、年間七千二百六十万円の食糧費《しょくりょうひ》をつかっていたことがわかって大問題《だいもんだい》になった。食糧費というのは、役人《やくにん》が料理屋《りょうりや》や飲《の》み屋《や》で飲《の》み食《く》いした費用《ひよう》で、もちろんすべて税金《ぜいきん》でまかなわれている。

この県の東京事務所の職員《しょくいん》は二十三人しかいない。この二十三人が、一年間にひらいた宴会《えんかい》は、なんと一千五十六回だったそうだ。

一日平均《へいきん》、約《やく》三回、一回の費用《ひよう》は約七万円もつかっていることになる。いったい、こんなに飲《の》み食《く》いするひつようがあるのだろうか。

おなじ県庁《けんちょう》の耕地課《こうちか》という職場《しょくば》で、一年間に購入《こうにゅう》されたとされる事務用品《じむようひん》をしらべたところ、フロッピー二万枚《まんまい》、電卓《でんたく》七十個《こ》、コピー用紙《ようし》三百七十万枚《まんまい》、単三乾電池《たんさんかんでんち》一千三百本、ボールペン四千五百本、合計《ごうけい》二千百万円になっていることが、オンブズマンの調査《ちょうさ》であかるみに出た。この課の職員《しょくいん》は三十二人だという。たった三十二人の職場で、一年間にこんなに事務用品をつかうわけがない。ほんとうは、これら事務用品を買《か》ったことにして、そのお金は、べつのほうに横流《よこなが》ししているのにちがいないが、書類《しょるい》のうえでは、これだけの事務用品を買ったことになっていたのだ。

税金《ぜいきん》のむだづかいは、県庁の職員だけではない。議員《ぎいん》の視察旅行《しさつりょこう》もぜんぶ税金をつかって出かける。視察旅行というのは、よその土地の施設《しせつ》ややりかたを見学して、政《せい》治《じ》にやくだてようという、いってみれば議員の修学旅行《しゅうがくりょこう》なのだが、現実《げんじつ》は、ほとんどが観光《かんこう》で、旅行のあと、なにを見学したか、どんなことを勉強したかを報告《ほうこく》するひつようもない。

視察旅行《しさつりょこう》は、県庁《けんちょう》や市役所《しやくしょ》でも恒例《こうれい》となっていて、ある県庁では、退職《たいしょく》する職員《しょくいん》は、かならずその二、三か月前に、遠くの観光地《かんこうち》に視察旅行にいけることになっている。退職する職員が視察旅行をしても、なんの意味《いみ》もないと思うのだが、そんなことが習慣《しゅうかん》になっているのだ。

税金《ぜいきん》のむだづかいは、まだまだたくさんあるし、政治家《せいじか》の不正《ふせい》もあとをたたない。

ハカセの住んでいる稲穂県《いなほけん》のおとなりでも、数年前《すうねんまえ》、市長《しちょう》が市内《しない》の業者《ぎょうしゃ》と契約《けいやく》をむすび、公共事業《こうきょうじぎょう》を斡旋《あっせん》したり、税金を免除《めんじょ》したり、いろいろとべんぎをはかってやったことがあったそうだ。この市長は、住民《じゅうみん》のリコール運動《うんどう》の結果《けっか》、辞任《じにん》に追《お》いこまれたという。

ハカセ自身《じしん》は、べつに税金をはらっているわけではないけれど、ハカセの父親《ちちおや》は、毎月給料《まいつききゅうりょう》のなかから税金を引かれている。つまり、わが家《や》の収入《しゅうにゅう》の一部が、役人《やくにん》たちの飲《の》み食《く》いや、むだな事務費《じむひ》や、視察旅行につかわれていることになるのだ。

ハカセの住んでいる稲穂県やミドリ市の県庁や市役所の職員は、どうなのだろう。税金のむだづかいをしているのではないだろうか。

情報公開制度《じょうほうこうかいせいど》というのは、国民《こくみん》の知る権利《けんり》を保証《ほしょう》する制度《せいど》だそうだから、小学生といえども、当然《とうぜん》権利があるにちがいない。と、いうことは、ハカセが市役所《しやくしょ》や県庁《けんちょう》に出かけて、資料請求《しりょうせいきゅう》をしてもいいことになる。

今年《ことし》の夏休みの自由研究《じゆうけんきゅう》は、ミドリ市役所の食糧費《しょくりょうひ》と、市役所の職員《しょくいん》が、購入《こうにゅう》したボールペンの数についてしらべてもいいな。

ハカセは、そう決心《けっしん》してトイレを出た。

ハカセがトイレを出たとたん、台所《だいどころ》のほうから母さんの声がした。

「正太郎《しょうたろう》、あんた、いまトイレにはいってたんでしょ。トイレットペーパーは、まだあった？」

「ぼく、本を読んでただけだから……。見てないなあ。」

「そう……。近ごろ、トイレの紙が、すぐなくなるのよねえ。だれか、むだづかいしてるんじゃないかしら。」

「ぼくは日に一度だけしか、つかわないよ。それも、せいぜい三十センチくらいかなあ。」

「じゃあ、だれだろう。トイレットペーパーだって、安くないんだからね。すこしは、かんがえてつかってもらわなくちゃあ。」

「ぼく、だれが、どれくらいつかうか、しらべてあげようか。」

ハカセのことばに、母さんがけげんな顔《かお》をする。

「そんなことできるの。」

「トイレットペーパーに、めもりをいれておくんだよ。それで、だれかがトイレから出たあと、めもりをチェックすれば、だれが、なんセンチつかったか、わかるだろ。」

「なるほどねえ。あんた、それ、やってくれる。」

「うん、いいよ。」

ハカセは、さっそく赤いボールペンと定規《じょうぎ》を持ってトイレにひきかえすと、ペーパーのロールをほどいてめもりを書きこんだ。

五センチきざみに、五メートルほど書きこんで、外に出る。

その日、ハカセは、だれかがトイレを使用《しよう》するたびに、消費《しょうひ》された紙の長さを手帳《てちょう》に書きこんだ。

かんがえてみれば、これもオンブズマンの活動《かつどう》の一種《いっしゅ》かもしれない。それにしても、オンブズマン活動の第《だい》一歩《ぼ》が、わが家《や》のトイレットペーパーの消費量《しょうひりょう》の調査《ちょうさ》になるとは思わなかった。

よく日《じつ》の夕《ゆう》がたまで計測《けいそく》した結果《けっか》、一回の消費量がいちばんおおいのは父さんだったが、使用回数《しようかいすう》では、母さんがいちばんおおく、合計《ごうけい》の消費量《しょうひりょう》では道子《みちこ》がいちばんおおかった。

「道子、おまえ、トイレットペーパーをたくさんつかいすぎだぞ。」

夕食《ゆうしょく》のあと、ハカセは妹《いもうと》に注意《ちゅうい》した。

「あら、あたし、そんなにつかってないわよ。」

四年生の道子は、心外《しんがい》だというふうにほっぺたをふくらませる。

「証拠《しょうこ》はあがってるんだ。ちゃんと紙にめもりをいれて、だれがなんセンチつかったか、はかっていたんだからな。おまえは、きのうの夕《ゆう》がたから六回トイレにいって、一メートル三十五センチも紙をつかったんだ。」

「いやだー、お兄《にい》ちゃんのヘンタイ……」

「なにが、ヘンタイだよ。トイレットペーパーのむだづかいは森林破壊《しんりんはかい》につながるんだぞ。」

「ふん、なにが森林破壊よ。女の子のトイレをのぞくなんて、エッチもいいところだわ。」

するると、父さんまでが、

「正太郎《しょうたろう》、おまえもくだらんことに熱心《ねっしん》だなあ。トイレットペーパーのむだづかいを心配《しんぱい》するくらいなら、おまえこそ、トイレで本を読むのをやめろ。あっちのほうが、よほどはためいわくだぞ。」

道子《みちこ》の味方《みかた》をはじめた。

母さんはと見れば、知《し》らん顔《かお》をして、あとかたづけをしていた。

オンブズマン活動《かつどう》というのは、住民《じゅうみん》の理解《りかい》を得《え》るのがむずかしいものらしい。

5

ハカセが、わが家《や》のトイレットペーパーの使用《しよう》に関《かん》する、オンブズマン活動に奮闘《ふんとう》しているあいだ、ハチベエも自分《じぶん》のクラスで活動《かつどう》をはじめていた。

なにしろオンブズマンというのは女性《じょせい》にもてるらしいから、クラスの女性たちに、自分《じぶん》がオンブズマンの一員《いちいん》であることを公表《こうひょう》しておいたほうがいい。

よく朝《あさ》、いつものごとくいちばん早く学校に到着《とうちゃく》すると、教室《きょうしつ》の入り口につったって、登校《とうこう》してくる女性たちをつかまえては、自己紹介《じこしょうかい》をはじめたのである。

「これ、これ、そこにやってきたお女中《じょちゅう》。」

彼《かれ》の頭《あたま》のなかには、いまだひょっとこ侍《ざむらい》のイメージが鮮明《せんめい》にインプットされているから、ことばづかいも、それにちかくなってくる。

「ちと、ものをたずねるが、近ごろ、世《よ》のなかのことでおこまりのことはないかな。」

「おこまりのこと……。」

クラスの女の子は、きみわるげにハチベエの低《ひく》い鼻《はな》を見つめる。

「さよう。じつは、ここだけの話だが、わたしは、オンブズマン・スリーのメンバーなのだよ。おまえさん、オンブズマンを知っているかい。」

「オンブズマン……。知らないわ。」

「オンブズマンというのはだね。世《よ》のなかにはびこる悪《あく》をこらしめる男のことなのだよ。」

「あ、そう。いまのところ、まにあってるから、いいわ。」

女の子は、オンブズマンを、訪問販売《ほうもんはんばい》のセールスマンかなにかと、まちがえているようだ。

それでも、数《かず》あるなかにはオンブズマンに理解《りかい》のある女性《じょせい》もいる。

荒井陽子《あらいようこ》という、クラスで一、二をあらそう美少女《びしょうじょ》が、これまたナンバー2《ツー》か、ナンバー3《スリー》の榎本由美子《えのもとゆみこ》とつれだって教室《きょうしつ》にはいってきた。

このころになると、ハチベエも侍《さむらい》ことばはやめにして、ごくふつうのことばにもどっていた。

「よう、あのな、おれ、こんどオンブズマンやることになったんだけどよ。なんか、こまってることとか、おかしいと思うことないか。」

ハチベエのことばに、陽子がかわいらしい顔《かお》を、いくぶんかたむけた。

「八谷《はちや》くんが、オンブズマンにねえ。オンブズマンて、税金《ぜいきん》のむだづかいを調査《ちょうさ》するひとでしょ。」

「う、うん、悪《わる》い役人《やくにん》なんかを見つけて、やっつけるんだ。」

「こないだ、うちのパパがこぼしてたわ。オンブズマンが食糧費《しょくりょうひ》についてうるさくいうから、お客《きゃく》がきても、宴会《えんかい》もできないって。」

「ショクリョウヒって、なんだ。」

「食糧費というのは、自分《じぶん》たちが食べたり飲《の》んだりしている食事《しょくじ》の代金《だいきん》。ほら、官官《かんかん》接待《せったい》が問題《もんだい》になったじゃないの。地方《ちほう》の役人《やくにん》が国の役人をもてなすのに、すごくお金をつかってるのがわかって、どこでも自粛《じしゅく》するようになったって。」

「へえ、そんなことがあったのか。じゃあ、賄賂《わいろ》なんかはなくなったのか。」

「賄賂は、なかなかなくならないかもしれないけれど、役所《やくしょ》のひとが、はでに飲《の》み食《く》いするのは、やめたみたいよ。うちのパパは、県庁《けんちょう》につとめてるんだけど、むかしは、会議《かいぎ》のあとは、かならず宴会《えんかい》があったみたいだけど、近ごろは、役所関係《やくしょかんけい》でお酒のむことはなくなったみたい。

ママなんかはよろこんでるわね。オンブズマンのおかげで、パパのからだのぐあいがよくなったって。」

なるほど、オンブズマンが女性《じょせい》にもてるのは、こんな理由《りゆう》があるのかもしれない。

「そうか、おまえのおやじさんは、県庁《けんちょう》の役人《やくにん》なのか。だったら、おまえもオンブズマンになれよ。おやじから県庁の悪《わる》い役人の情報《じょうほう》をさぐれるだろう。」

「そうねえ、もし、なにかききだしたら、こっそりおしえてあげてもいいわ。」

「たのむぜ。悪徳商人《あくとくしょうにん》から賄賂《わいろ》をもらっている悪いやつとかよ。」

ハチベエが、そこまでいったとき、となりに立っていた榎本由美子《えのもとゆみこ》が、思いだしたように口をひらいた。

「賄賂かどうか知らないけど、いま、ミドリ市《し》で問題《もんだい》になってるのがあるじゃないの。ほら、ミドリ市のふれあいセンター建設《けんせつ》について、黒いうわさがあるって、新聞《しんぶん》に出てたわよ。」

「ほんとか。」

「ええ、たしか先週《せんしゅう》の新聞に載《の》ってたわ。議会《ぎかい》で問題になっているんだって。」

すると、陽子《ようこ》もうなずいた。

「あたしもきいたわよ。ふれあいセンターの建設工事《けんせつこうじ》の予定価格《よていかかく》が事前《じぜん》にもれていたんじゃないかって。」

「予定価格っていうのは、なんだよ。」

「あたしもよく知らないけど、公共工事《こうきょうこうじ》をやるときには、市役所《しやくしょ》は、まず、どれくらいの値段《ねだん》でできるか、見つもりをだすのね。その値段は秘密《ひみつ》にしておいて、いくつかの企業《きぎょう》に、その工事《こうじ》をいくらでうけおうか値段を決めさせて投票《とうひょう》される。これを入札《にゅうさつ》っていうんだって。値段がいちばん安いところが、その工事をうけおうんだけど、もし予定価格より高い値段をだしたところは失格《しっかく》になるの。」

「なるほど、そいつはいいな。みんなが競争《きょうそう》して値引《ねび》きするから、工事が安くできるわけだな。」

「ところがふしぎなことに、そうはならないの。どういうものか役所が見つもった額《がく》と、ほとんどおなじ値段をつけた会社《かいしゃ》が落札《らくさつ》するのよねえ。つまり、ほかの会社は、予定価格よりも高い値段をつけてしまうの。」

「そりゃあ、役人《やくにん》がけちって、できるだけ安く見つもるからじゃないのか。」

「ううん、役所《やくしょ》の予定価格《よていかかく》というのは、工事《こうじ》にひつような材料《ざいりょう》とか人件費《じんけんひ》なんか、国の基準《きじゅん》によって計算《けいさん》されるんだけど、これがけっこういい値段《ねだん》なのよ。どっちかというと一般《いっぱん》の工事よりも割高《わりだか》な値段になってるんだって。」

「おかしいなあ。そんなら、もっと安い値段をつけてもいいじゃないか。ふれあいセンターっていうのは、すごく大きな建物《たてもの》だろう。そんな大工事《だいこうじ》をひきうけたら、もうかるんじゃないのかなあ。いまは、なんでも安くするのがはやってるんだぜ。うちのトマトだってスーパーに負けないくらい安くしてるんだもの。」

「そこが、おかしいの。これはうわさだけど、だれかが市役所《しやくしょ》の計算《けいさん》した予定価格《よていかかく》を、事前《じぜん》にもらしたんじゃないか。それをもとに、建設工事会社《けんせつこうじがいしゃ》が談合《だんごう》したんじゃないかっていうわけ。つまり入札《にゅうさつ》にくわわる会社が、あらかじめ相談《そうだん》して、どこが工事をうけおうか、さいしょから決めておいて、その会社は、予定価格ぎりぎりの値段を投《とう》票《ひょう》するのね。ほかの会社は、それよりも高い値段を書いて投票するの。」

「そんなのインチキじゃねえか。」

「そうよ、インチキよ。だから、新聞《しんぶん》でも問題《もんだい》にしてるのよ。」

「だれだよ。その予定価格《よていかかく》をばらしたやつは。」

「さあ、それは、わかんないわ。でも、おそらく、それが事前《じぜん》にわかるひとでしょうね。そのひとは、お金をもらって、おしえたんじゃないの。」

「つまり、賄賂《わいろ》だな。」

オンブズマンとしては、ききずてならない話だ。

「わかった。由美子《ゆみこ》、心配《しんぱい》するな。そんなこぎたねえ役人《やくにん》は、せなかのひょっとこが、ゆるしちゃあおかねえ。かならず正体《しょうたい》をあばいてみせるからよ。」

「ひょっとこ……?」

とつじょハチベエの口から発《はっ》せられた、意味不明《いみふめい》のことばに、ふたりの美少女《びしょうじょ》が、けげんな顔《かお》をする。

「あ、なに、こっちのことだ。うん、その賄賂をもらってる市役所《しやくしょ》の役人と、談合《だんごう》した会社《かいしゃ》の社長《しゃちょう》は、オンブズマン・スリーが、かならずとっつかまえてやるさ。」

ハチベエはくるりとまわれ右《みぎ》をすると、肩《かた》をいからせながら教室《きょうしつ》の外へと歩きだした。背後《はいご》から、町娘《まちむすめ》たちの熱《あつ》い視線《しせん》がそそがれていることを期待《きたい》しながら。

しかし、ふたりの町娘《まちむすめ》ならぬ、六年一組の子どもふたりは、ハチベエのうしろすがたなど、てんで気にすることもなく、そのまま教室《きょうしつ》にはいってしまい、一分後には、ハチベエと会話《かいわ》したことすらわすれてしまったのである。

ろうかにとびだしたハチベエは、この耳よりの情報《じょうほう》を一秒《びょう》でも早く、同志《どうし》のふたりに報告《ほうこく》したかった。が、ふたりのオンブズマンは、なかなか登校《とうこう》してこない。

彼《かれ》らがようやく学校にすがたを見せたのは、始業《しぎょう》のチャイムぎりぎりの時間だった。

このふたりも、悪徳業者《あくとくぎょうしゃ》とおなじように、始業チャイムぎりぎりに登校するよう、あらかじめ談合《だんごう》しているのではあるまいか。

二、なぞの男

1

ミドリ市《し》は、中国地方《ちゅうごくちほう》の瀬戸内海《せとないかい》にめんした人口《じんこう》六十万あまりの地方都市《ちほうとし》だ。市の中心に位置《いち》するミドリ城跡《じょうせき》のまわりには、稲穂県庁《いなほけんちょう》やミドリ市役所《しやくしょ》といった役所がならんでいる。

夏休みにはいって二日目の午前《ごぜん》九時、ハカセ、ハチベエ、モーちゃんの三人は、城《しろ》の南側《みなみがわ》にあるミドリ市役所へやってきた。オンブズマン活動《かつどう》の手はじめとして、市役所に資料請求《しりょうせいきゅう》をしようというのだ。

ガラスばりのドアをあけてなかにはいると、ひんやりとした広いロビーになっていて、おおぜいの市民《しみん》がおしかけていた。

「うわー、すずしいなあ。」

モーちゃんが、思わず歓声《かんせい》をあげた。紙屋《かみや》町の市電《しでん》の駅《えき》から五百メートルばかり歩いただけなのに、もう汗《あせ》びっしょりだ。汗をかいてほてったからだには、ことのほか気持ちがいい。

「ちょっと、冷房《れいぼう》のききすぎじゃねえの。電気代《でんきだい》がもったいないぜ。電気代だって税《ぜい》金《きん》つかってるんだろ。」

色が黒いせいか、暑さにはめっぽう強いハチベエは、オンブズマンらしく、さっそく税金のむだづかいを指摘《してき》した。

「そうか、このエアコンも税金でうごいているんだものねえ。あれ、あそこのひと、扇風機《せんぷうき》もつかってるよ。冷房があるのにそのうえ扇風機もつかうなんて、ちょっとぜいたくだよねえ。」

モーちゃんが、まるいあごでかなたをさした。ロビーのおくはカウンターがつらなり、書類《しょるい》を持ったおおぜいのひとがならんでいる。カウンターのおくにすわっている職員《しょくいん》のそばには小型《こがた》の扇風機がおかれているのが見えた。

「市役所《しやくしょ》の電気代も調査《ちょうさ》したほうがいいな。」

ハチベエが、せなかのリュックから手帳《てちょう》をとりだして、メモした。彼《かれ》の手帳には、これから資料請求《しりょうせいきゅう》する項目《こうもく》が二つばかり書かれていた。

一、ふれあいセンターの予定価格《よていかかく》を業者《ぎょうしゃ》にもらした役人《やくにん》の名前《なまえ》。

二、賄賂《わいろ》をわたして、価格をききだした業者の名前。

これが本日《ほんじつ》の調査項目《ちょうさこうもく》なのだが、これにきゅうきょ電気代《でんきだい》もつけくわえることにした。

三、市役所《しやくしょ》の電気代。

ハカセのほうは、ロビーのよこの壁《かべ》にかかった市役所の見取《みと》り図《ず》をながめていた。彼がさがしているのは、情報公開《じょうほうこうかい》をうけつけるところなのだ。

ハカセが口をあけて見取り図を見あげていると、そばの案内《あんない》カウンターにすわっていた女のひとが声をかけてきた。

「ぼうや、どこにいきたいの。」

「市役所の情報を見せてもらえるところです。」

「情報を見せてもらえるところ……？　情報公開コーナーのことかしら。」

「ああ、それだと思います。」

「だったら、そこのろうかのいちばんおくに、情報公開《じょうほうこうかい》コーナーと書かれたプレートがかかっているから、そこにいってごらんなさい。」

案内係《あんないがか》りが、カウンターにそったろうかを指《ゆび》さした。

おおぜいのひとが立っているカウンターのよこをぬけてろうかを進んでいくと、いちばんおくのほうに、てんじょうから「情報公開コーナー」と書かれたプレートのぶらさがっているところにやってきた。

ここにもカウンターがあって、先客《せんきゃく》がひとり、いすにすわってカウンターの上の分厚《ぶあつ》い書類《しょるい》のたばをめくっていた。うすよごれたジーンズに、これまた汗《あせ》のにおいがしみついたような草色のサファリジャケットを着《き》た貧相《ひんそう》な小男《こおとこ》だ。長い白髪《しらが》まじりの髪《かみ》をうしろでたばねている。

三人は男のうしろに立って、先客が立ちあがるのを待《ま》っていた。

カウンターのおくのいすにすわって、パソコンの画面《がめん》を見ていた職員《しょくいん》が、三人のほうに顔《かお》をむけた。

「なにか、用……？」

「市役所《しやくしよ》の情報《じようほう》を見せてくれるのは、ここなんですか。」

ハカセがたずねる。

「市役所の見学《けんがく》にきたの。」

「いえ、情報を公開《こうかい》してもらいたいんです。」

「開示請求《かいじせいきゆう》にきたのか。」
二十四、五の、まだ若《わか》い職員《しよくいん》は、ちょっとびっくりしたような顔《かお》をして、カウンターのほうにやってきた。
「ええと、きみたちは、まだ小学生じゃないのかなあ。」

「はい、花山第二《はなやまだい》小学校の六年です。」

職員はとまどったような顔をしながら、自分《じぶん》の席の向こうにすわっていた中年《ちゆうねん》のめがねをふりかえる。

「東《あずま》さん、小学生が開示請求にきてるんですけど……」

東と呼《よ》ばれためがねの中年男《ちゆうねんおとこ》が、いすにこしかけたままハカセたちを見まわす。

「子どもの開示請求《かいじせいきゅう》か。あんたたち、いったいどんなことが知りたいの。」

「ええとですね。ミドリ市役所《しやくしょ》で年間使用《ねんかんしよう》しているボールペンの数《かず》と、市役所の食糧費《しょくりょうひ》です。」

「ボールペンの数に食糧費……？　どうして、そんなこと知りたいの。夏休みの宿題《しゅくだい》じゃないよねえ。」

ハカセがなにかいいだすまえに、ハチベエが、ずいとまえに出た。

「おれたちはオンブズマンなんです。市役所が税金《ぜいきん》のむだづかいをしていないか、調査《ちょうさ》するんです。それから、ふれあいセンターの予定価格《よていかかく》を業者《ぎょうしゃ》におしえた役人《やくにん》の名前《なまえ》と、賄賂《わいろ》をおくって価格をききだした業者の名前もおしえてください。ええと、それから市役所の電気代《でんきだい》もね。」

めがね男と若《わか》い職員《しょくいん》は、ちらりと顔《かお》を見あわせてから、にやにやわらいだした。

「あのねえ、小学生にはちょっとむずかしいんじゃないの。」

中年《ちゅうねん》のめがねがこたえたとき、カウンターにすわっていたサファリ男が顔をあげた。

「ちょっと、この伝票《でんぴょう》コピーしてくれるかい。平成《へいせい》××年十一月八、九、十、十一日

情報公開

ぶんと、十二月六、七、八日ぶんね。それからミドリ市情報公開条例《しじょうほうこうかいじょうれい》には、開示請求《かいじせいきゅう》者《しゃ》の年齢制限《ねんれいせいげん》はないはずだぜ。子どもでも開示請求できるんじゃないのかね。」

若《わか》い職員《しょくいん》が、カウンターにおかれていた書類《しょるい》のたばをかかえて、おくにひっこむのを待《ま》って、男が、三人のほうに顔《かお》をむけた。ほおのこけた、目つきのするどい男だ。歳《とし》は五十くらいだろう。

「あんたら、市内に住んでるの。」

三人が無言《むごん》でうなずくと、男もかるくうなずきながらふたたび中年職員《ちゅうねんしょくいん》のほうにむきなおる。

「ミドリ市情報公開条例第五条《じょう》、つぎにかかげるものは実施機関《じっしきかん》にたいして公文書《こうぶんしょ》の公開を請求できる。

一、市内に住所《じゅうしょ》を有《ゆう》する個人《こじん》。

二、市内に事務所《じむしょ》または事業所《じぎょうしょ》を有する個人または法人《ほうじん》その他の団体《だんたい》。

三、市内に存《そん》する事務所または事業所に勤務《きんむ》する個人。

四、市内に存する学校に在学《ざいがく》する個人。

前各号《かくごう》にかかげるもののほか、実施機関《じっしきかん》がおこなう事務事業《じむじぎょう》に利害関係《りがいかんけい》を有《ゆう》する個《こ》人《じん》または法人《ほうじん》、その他の団体《だんたい》……。

この子たちは、市内《しない》に住み、市内の学校に在学《ざいがく》してるんだぜ。請求《せいきゅう》の資格《しかく》はあるんじゃないの。」

このしけたおじさんは、法律《ほうりつ》を丸暗記《まるあんき》してるらしい。中年《ちゅうねん》の職員《しょくいん》は、あわてたようにつくえの本棚《ほんだな》からなにやら厚《あつ》い冊子《さっし》をとりあげて、いそがしくめくりはじめた。

「あのですね、たしかに条例《じょうれい》の請求資格はありますがね。ただ、小学生の場合《ばあい》は、請求については、保護者《ほごしゃ》のつきそいをもとめるという内規《ないき》があるんです。いまの開示請《かいじせい》求《きゅう》、おききになったでしょう。予定価格《よていかかく》をもらした役人《やくにん》の名前《なまえ》なんて、どうやって開示するんです。ボールペンの数《かず》なんてしらべようがないでしょうが。」

「ふれあいセンターの工事《こうじ》予定価格をもらした役人は、むりだよなあ。あんたら、知っていても知《し》らん顔《かお》するだろうし。しかし、ボールペンの数や食糧費《しょくりょうひ》、所内《しょない》で消費《しょうひ》する電気代《でんきだい》はなんとかなるんじゃないのか。事務費《じむひ》の明細《めいさい》をとりよせりゃあいいんだ。食糧費もしかり。電気代は市役所内《しやくしょない》の消費電力料金《しょうひでんりょくりょうきん》の明細を見せてあげなさいよ。」

「各部署《かくぶしょ》の事務費《じむひ》や食糧費《しょくりょうひ》の領収書《りょうしゅうしょ》をとりよせると、膨大《ぼうだい》なものになりますよ。とても子どもの手にあうしろものじゃありません。」

めがねの中年男《ちゅうねんおとこ》は、カウンターのそばにやってくると、ハカセたちを見まわした。

「あのね、べつに小学生だからいけないっていうわけじゃないの。公文書《こうぶんしょ》の開示請求《かいじせいきゅう》は、まずこの請求書類《せいきゅうしょるい》を書いてもらわないといけないんだけど、ほら、ここにどういった公文書が見たいのか書かなくちゃあいけないでしょう。それをここで説明《せつめい》したり相談《そうだん》するには、どうしてもおとなのひとがいないとむずかしいんだ。

たとえば、さっき、きみがいった、予定価格《よていかかく》をもらした役人《やくにん》の名前《なまえ》を書いた公文書なんか、あるわけないいんだ。だいたい市役所《しやくしょ》の職員《しょくいん》かどうかも、まだわかってないんだからね。そんなことはおとなのひとなら常識《じょうしき》なんだけどなあ。

それからボールペンについては、それぞれの部署の事務費のなかの消耗品《しょうもうひん》の領収書を、一枚《まい》一枚しらべて、ボールペンの項目《こうもく》だけをぬきだしていけばわかると思うけれど、それって、ものすごい量《りょう》の書類《しょるい》に目をとおさなくちゃあいけないよ。

食糧費だって、市役所にはいろんな部署があるから、ぜんぶはむりだよ。どこの部署の食糧費《しょくりょうひ》なのか、期間《きかん》はいつからいつまでなのか。そういったことをきちんと書いてもらわなくちゃあ。

それに請求《せいきゅう》にたいして、公文書《こうぶんしょ》を開示《かいじ》するかどうかの決定《けってい》が出るのは二週間後《しゅうかんご》だからね。決定通知《けっていつうち》は、文書《ぶんしょ》でお家《うち》のほうに知らせることになっているんだ。そんなわけで、やはりおとなのひとがいないとねえ。

ああ、電気代《でんきだい》だけなら、すぐにわかるよ。帰りに玄関《げんかん》のよこにおいてある『市役所《しやくしょ》だより』というパンフレットを見てごらん。そのなかに去年《きょねん》の光熱費《こうねつひ》の項目《こうもく》があって、市役所が電力会社《でんりょくがいしゃ》にしはらった電力料金《でんりょくりょうきん》も載《の》っているはずだ。」

職員《しょくいん》の説明《せつめい》をききおえた三人は、顔《かお》を見あわせる。

ここにくれば、なんでもすぐにわかると思ったが、どうも、そうではないらしい。なにやらややこしい手続《てつづ》きがひつようのようだ。

「どうするの、ハカセちゃん。」

モーちゃんが、小声《こごえ》でおうかがいをたてる。

「そうだなあ。もういちど作戦《さくせん》をたてたほうがいいな。」

ハカセとしては、いまいちど、情報開示《じょうほうかいじ》の研究《けんきゅう》をしてみるひつようを感《かん》じていた。

「どうも、ありがとうございました。」

「この請求書《せいきゅうしょ》をあげるからね、おうちのひとと相談《そうだん》してごらん。」

職員《しょくいん》から紙をもらったハカセは、ぺこりとおじぎをすると、玄関《げんかん》のほうに歩きだした。ハチベエもモーちゃんも、しかたなくあとにつづく。

「なんか、ややっこしいなあ。保護者《ほごしゃ》っていうのは、父ちゃんとか母ちゃんだろ。そんなの連《つ》れていかなくても、おれたちだけでできないのかな。」

「これに、いろいろ書かなくちゃあいけないんだってさ。」

ハカセが、めがねの職員からわたされた紙を見せる。『公文書公開請求書《こうぶんしょこうかいせいきゅうしょ》』と書かれた下に、請求者《せいきゅうしゃ》の住所氏名電話番号《じゅうしょしめいでんわばんごう》の欄《らん》があり、その下に、「公文書の件名《けんめい》または具体的内容《ぐたいてきないよう》」という欄と、「公文書の公開を請求できるものの区分《くぶん》」「公文書の公開方《こうかいほう》法《ほう》」などというむずかしい漢字《かんじ》のならんだ記入欄《きにゅうらん》もあった。

「ハカセちゃん、公文書って、なあに。」

モーちゃんが質問《しつもん》した。

「役所《やくしょ》が、仕事《しごと》のためにつくった書類《しょるい》ということだろうね。」

「公文書《こうぶんしょ》の件名《けんめい》っていうのは、なんだよ。」

「自分《じぶん》が見たい書類の名前《なまえ》じゃないの。」

「そんなのわかるわけないじゃないか。」

「だから、具体的《ぐたいてき》な内容《ないよう》でもいいのさ。」

しゃべりながら歩いているうちに、玄関《げんかん》のロビーにもどってきた。ロビーのすみに、いろいろなパンフレットをたてかけたラックがおいてあって、『ミドリ市役所《しやくしょ》だより』という、冊子《さっし》がならんでいた。

なかをめくると、「ミドリ市の経費節減作戦《けいひせつげんさくせん》……市役所はこれだけ節約《せつやく》しました」という見出《みだ》しのよこに、なにやらこまかな数字《すうじ》がびっしり書きこんである。それを見たとたん、さすがのハカセもうんざりしてしまった。

「ハチベエくん、このなかにエアコンの電気代《でんきだい》もはいっているんじゃないの。持って帰ってしらべてみたら。」

ハカセがうんざりしたくらいだ。ハチベエにいたっては、のっけからゲップが出そ

うだ。

「あ、いい、いい。電気代《でんきだい》の件《けん》はやめだ、やめだ。」

冊子《さっし》を手にとることもしない。

2

三人がラックのそばをはなれようとしたとき、うしろで声がした。

「あんたら、オンブズマンだって……?」

さっきの小男《こおとこ》が、にやにやわらいながら立っていた。

「ああ、おじさん。おじさんもなにかしらべてるんでしょ。どんな書類《しょるい》みせてもらったんですか。」

「市長《しちょう》さんの交通費《こうつうひ》をちょっとね。」

「交通費……?」

「市長さんが、あちこち出張《しゅっちょう》するだろ。そのときにつかった飛行機《ひこうき》とか電車《でんしゃ》の運賃《うんちん》さ。」

男が、ジャケットのポケットをたたく。まるめたコピー用紙《ようし》のたばがのぞいていた。

「ふうん、そんなものしらべてなにするんですか。ああ、おじさんもオンブズマンなんだ。」

ハチベエのことばに、小男《こおとこ》は首《くび》をふった。

「おれは、そんなごたいそうなもんじゃないさ。それより、あんたら、ふれあいセンターの入札疑惑《にゅうさつぎわく》をしらべてるのか。」

「ええ、悪《わる》い政治家《せいじか》や、役人《やくにん》をこらしめようと思うんです。」

ハチベエが、いくぶん胸《むね》をはると、小男は目をほそめる。

「そいつは威勢《いせい》がいいな。しかし、これぱっかりは開示請求《かいじせいきゅう》してもむりだな。業者《ぎょうしゃ》と役人の癒着《ゆちゃく》は、なかなか証拠《しょうこ》が見つけにくいんだよ。だいたい公《おおやけ》の書類《しょるい》にのこるもんじゃない。しらべるなら、もっとちがう方法《ほうほう》でなくちゃあ。」

「ちがう方法って、どんな方法なんですか。」

「ううん、そう、きかれても、ちょっとこまるなあ。おじさんも、しらべたことがないからわからんよ。」

小男《こおとこ》は、肩《かた》のバッグをゆすりあげると、出口のほうに歩きだした。

小男が歩きだしたので、三人もなんとなくあとを追《お》って、ガラスの自動《じどう》ドアをくぐった。

おもてに出たとたん、熱風《ねっぷう》が三人の顔《かお》をおそう。まだ十時前だというのにこの暑さだ。市役所《しやくしょ》のエアコンはやはりひつようだ。

市役所のまえは大きな通《とお》りが南北《なんぼく》に走っている。小男は、市役所のまえの信号《しんごう》をわたりはじめた。三人も男のあとについて大通《おおどお》りをわたり、電車通《でんしゃどお》りにむかうため、歩道を左にむかった。男も五メートル前方《ぜんぽう》をおなじ方向に歩いていく。が、ものの五十メートルもいかないうちにふたたび右に折《お》れて、商店《しょうてん》のならんだせまい道へとはいっていった。

三人が道の入り口までできたとき、ふいに一台の乗用車《じょうようしゃ》が大通りを右折《うせつ》。三人の鼻《はな》さきをすりぬけるようにしてせまい道に侵入《しんにゅう》していった。

「ちっ、どこ見て運転《うんてん》してるんだよ。」

ハチベエが舌打《したう》ちをしながら、車のほうに首《くび》をまげた。せまい道路《どうろ》にはいったとたん、乗用車《じょうようしゃ》はスピードをあげた。銀色の乗用車の前方《ぜんぽう》に、小男《こおとこ》のせなかが見えた。

「あぶない！」

モーちゃんがさけんだとたん、ドンというにぶい音がして男のからだが宙《ちゅう》に舞《ま》った。

車は、まったくスピードをゆるめるけはいも見せず、そのまま走り去《さ》っていく。

車の走り去った路上《ろじょう》のすみに、くの字にまがった男のからだがよこたわっていた。

三人は、むちゅうで男のそばにかけよる。

男は、おなかのあたりをおさえながらうめいていた。頭《あたま》から流《なが》れる血《ち》が、かわいたアスファルトに赤いしみをひろげていく。

「お、おじさん、だいじょうぶ……」

「だ、だれか、き、救急車《きゅうきゅうしゃ》……」

ロぐちにわめくハチベエたちの声に、男が目をあけた。それから左手でサファリジャケットのポケットをさぐり、なかからコピー用紙《ようし》のたばと、四角な黒いビニールぶくろをとりだした。

「こ、こいつを、あずかってくれ。たいせつなものだ。だれにもわたすんじゃないぞ。」

ふるえる手でハチベエの手ににぎらせると、そのまま目をつむってしまった。

そのころになると、往来《おうらい》のひとびとが集まってきた。両側《りょうがわ》の商店《しょうてん》のひとたちが、ハチベエをおしのけるようにして男のそばにしゃがみこむ。

「だいじょうぶですか。いま、救急車を呼《よ》びましたからね。しっかりしなさい。」

「からだはうごかさんほうがいいぞ。頭《あたま》を打《う》っているからな。」

「車はどうした。ひき逃《に》げか。」

おおぜいのおとなたちが男をとりまき、ハチベエたちは、たちまち人垣《ひとがき》の外におしだされてしまった。

やがて、大通《おおどお》りのほうから救急車のサイレンがひびき、白い車がはいってきた。これまた白衣《はくい》の隊員《たいいん》がとびだしてきて、手ばやく応急処置《おうきゅうしょち》をはじめた。そして、あっというまに担架《たんか》に乗せて車にはこびこみ、ふたたびサイレンを鳴らしながら走りだす。

それといれちがいに、こんどはパトロールカーが到着《とうちゃく》した。

「どなたか、事故《じこ》の目撃者《もくげきしゃ》はいませんか。」

制服《せいふく》の警官《けいかん》が、やじうまたちにどなっている。

男のたおれていた場所《ばしょ》の、すぐそばのカメラ屋《や》の主人《しゅじん》が手をあげた。

「乗用車《じょうようしゃ》が、あっちから走ってきて、はねたんだよ。」

「その車は……?」

「そのまま走っていったな。」

「車の色や車種《しゃしゅ》はわかりますか。」

「銀色のごくふつうの車だなあ。」

「あれは、セルシオじゃなかったですか。」

向《む》かい側《がわ》のコンビニの店員《てんいん》がいった。

「ナンバーや運転者《うんてんしゃ》は……」

「それは見てないなあ。なにしろ、あっというまだったから。」

「被害者《ひがいしゃ》に見おぼえはありませんか。」

警官《けいかん》の質問《しつもん》に、みんなは顔《かお》を見あわせる。

警官たちのやりとりを、人垣《ひとがき》の外に立ってきいていたモーちゃんは、となりのハカセのせなかをつついた。

「ねえ、あのおじさんの名前《なまえ》なら、市役所《しやくしょ》にいけばわかると思うんだけど。」

「そうだね、おしえてあげたほうがいいな。」

ハカセが人垣《ひとがき》をおしわけていこうとしたとき、道の向こうで声がした。もうひとりの警官が、男のバッグを高くさしあげながらどなった。

「被害者《ひがいしゃ》の持ちものだそうです。このなかに身もとのわかるものがはいっているかもしれません。」

警官が、そちらに歩いていく。

「すみません。現場検証《げんばけんしょう》しますので、みなさん、後方《こうほう》にさがってください。」

黄色いテープをかかえた青いユニフォームすがたの男たちが走りまわり、やじうまを事故現場《じこげんば》から追《お》いだしはじめた。

「おい、いこうぜ。」

ハチベエが、小声《こごえ》でハカセとモーちゃんをうながす。

「どうして。ぼくらも事故《じこ》の目撃者《もくげきしゃ》なんだよ。証言《しょうげん》したほうがいいんじゃないの。」

ハカセがけげんな顔《かお》をしたが、ハチベエは、あたりをうかがいながら、はげしく首《くび》をふった。

「いいから、早いとこ、ずらかろう。」

ハチベエが、せなかのリュックを上からおさえる。ハカセも、彼《かれ》のいわんとしていることをすばやく察《さっ》した。

そこで、モーちゃんの手をひっぱると、いそいで事故現場《じこげんば》をはなれることにした。

大通《おおどお》りに出ると、三人は無言《むごん》で歩きだした。ようやく口をひらいたのは、市電《しでん》の停《てい》留所《りゅうじょ》に立ったときだった。

「びっくりしたなあ。」

モーちゃんが、大きな深呼吸《しんこきゅう》とともにすなおな感想《かんそう》を述《の》べる。

「あのひと、だいじょうぶかなあ。あのまま死んでしまうんじゃないの。」

ハカセが、歩いてきた大通《おおどお》りのほうをふりかえった。大通りのほうからは、かすかにパトロールカーのサイレンがきこえてくる。あらたなパトロールカーが現場《げんば》に急行《きゅうこう》しているようだ。

花山行《はなやまゆ》きの市電《しでん》にのりこみ、座席《ざせき》にすわると、ハチベエがおもむろにリュックをひらいて、なかからコピーのたばと、黒いビニールの包《つつ》みをとりだした。

紙には数字《すうじ》の書きこまれた伝票《でんぴょう》が一枚《まい》ずつコピーされている。ハカセが首《くび》をのばしてコピー用紙《ようし》をのぞきこむ。

「市長《しちょう》さんの交通費《こうつうひ》だっていってたね。ああ、これ、羽田《はねだ》までの飛行機代《ひこうきだい》だな。市長さん、飛行機で東京《とうきょう》にいったんだ。」

ハチベエは、コピー用紙をハカセのほうにおしやると、黒いビニールぶくろに手をつっこみ、なかみをとりだした。ひらべったい真四角《ましかく》な透明《とうめい》プラスチックケースだった。なかに、これまた黒いプラスチックの四角な盤《ばん》がおさまっていた。

「これって、ワープロかパソコンのフロッピーだよなあ。」

外側《そとがわ》のプラスチックケースをあけたハチベエが、なかから黒い盤《ばん》をとりだした。

「題名《だいめい》かなにか、書いてあるの。」

ハカセが、またもや首《くび》をのばしてきた。

「いいや、なんにも書いてない。」

「そうか、それじゃあ機械《きかい》にかけてみないと、内容《ないよう》はわからないね。」

ハカセがかるくため息《いき》をつくと、それまで無言《むごん》だったモーちゃんが、だれにともなしにたずねた。

「あのおじさん、どうして、こんなものハチベエちゃんにあずけたんだろう。」

「そりゃあ、おれが信用《しんよう》できる人間《にんげん》だと思ったからじゃないの。おれが、悪《わる》い役人《やくにん》をこらしめるんだっていったら、あのおっさん、感心《かんしん》してたもの。おれのこと、正義《せいぎ》の味方《みかた》だって思ったんだ。だからおれにあずかってほしかったのさ。つまり、それだけ重要《じゅうよう》なデータがはいってるんだぜ。きっと……。」

ハチベエは、そこでゆっくりと車内《しゃない》を見まわしてから、いくぶん声をひくめた。

「それにな、おれ、思ったんだけどよ。あのおっさんの事故《じこ》って、ちょっとおかしいぜ。あれって、ただの交通事故《こうつうじこ》じゃないぞ。あの車、わざとあのおっさんをひいたのかもしれない。」

ハカセも、考《かんが》えぶかげにうなずく。

「それは、ぼくも気になってたんだ。だって、あの車、ブレーキもかけなかったもの。」

「そうか、ハカセもそう思ったのか。おれも、こいつはあやしいなと思ったからよ。だから、はやいとこ現場《げんば》からずらかったほうがいいと思ったんだ。」

ハチベエが意《い》を強くしたように、モーちゃんをふりかえった。

「それじゃあ、あれはただの事故《じこ》じゃないの。だったら、あの車はさいしょからおじさんをねらってたってことだろ。」

善良《ぜんりょう》なるモーちゃんにしてみれば、思ってもみなかったことだ。

「ばーか、おまえ、いまごろ気がついたのかよ。おれなんか、すぐにピンときたぞ。だいたいな、あのおっさん、生きるか死ぬかのときに、これをあずかってくれって、ひっしにたのんだんだ。おっさんも自分《じぶん》のいのちがねらわれているってわかってた証《しょう》拠《こ》じゃないか。」

「だったら、この書類《しょるい》とかフロッピーは、なにか犯罪《はんざい》に関係《かんけい》があるってことになるよ。たいへんだよ。そんなたいせつなものあずかって……。ねえ、警察《けいさつ》に持っていったら。」

モーちゃんは、ほそい目をいそがしくぱちくりさせながら車内《しゃない》をうかがったが、乗客《じょうきゃく》はすくなかった。向《む》かい側《がわ》にすわっているのは、いねむりをしているおばあさんひとり、入り口ちかくには、小さな子どもを連《つ》れたおばさんがすわっているだけだった。

「あのおっさんは、だれにもわたすなっていったんだぞ。本人《ほんにん》にかえすのがいちばんいいんだよ。」

「でも、あのひとの名前《なまえ》も住所《じゅうしょ》もわかんないんだよ。どうやってかえすのさ。」

モーちゃんが反論《はんろん》すると、よこからハカセが口をだしてきた。

「だいじょうぶ。おそらく事故《じこ》のニュースが報道《ほうどう》されるから、あのひとの身《み》もとは、いずれぼくらにもわかると思うし、報道されなくても警察《けいさつ》に問《と》いあわせれば、入院《にゅういん》さきの病院《びょういん》くらい、おしえてくれるんじゃないの。」

「おしえてくれなかったら……?」

モーちゃんは、いやにしつこい。

「あずかったのはおれなんだから、おまえは心配《しんぱい》しなくてもいいんだ。とにかく、こいつは、おれが保管《ほかん》することにするからな。それで、文句《もんく》ないだろ。」

ハチベエは、フロッピーと書類《しょるい》のたばをリュックにしまいはじめた。

電車《でんしゃ》は、すでに大川《おおかわ》の旭橋《あさひばし》をわたりはじめていた。この橋をわたれば、そこは花山《はなやま》町だった。

3

家にもどったハチベエは、さっそくテレビをつけてみた。まだ十一時前なのでどのチャンネルもニュースをやっていない。

十一時四十五分になって、ようやく民放《みんぽう》のローカルニュースがはじまった。ハチベエは、テレビのまえにすわりこんで画面《がめん》を注目《ちゅうもく》したが、事故《じこ》のニュースはなかなかながれてこない。県知事《けんちじ》がどうしただの、どこかの国の親善使節《しんぜんしせつ》が県庁《けんちょう》を訪問《ほうもん》しただのというニュースばかりだ。

十二時になり、こんどはNHK《エヌエイチケイ》の全国ニュースのあとに稲穂県《いなほけん》のニュースがながされたが、これまた交通事故《こうつうじこ》のニュースはなかった。

「おまえがニュースなんか見るの、めずらしいねえ。」

父親《ちちおや》に店番《みせばん》をかわってもらった母親《ははおや》が、茶《ちゃ》の間《ま》にはいってきて、テレビのまえのハチベエに声をかける。

「さっき、大手町《おおてまち》でひき逃《に》げがあったんだよ。おれ、現場《げんば》にいたからさ、ひかれたひとの身《み》もとが知りたいんだ。」

「そうか。おまえ、午前《ごぜん》ちゅうに市役所《しやくしょ》にいったんだよねえ。ふうん、ひき逃げなのかい。みんな暑さでぼーっとなってるから、事故《じこ》も起こりやすいんだろうね。おまえも気をつけたほうがいいよ。」

しゃべりながら、テーブルの上に三人分《ぶん》の食器《しょっき》をならべ、母親は中央《ちゅうおう》に氷のはいったそうめんのどんぶりをおいた。

「ほら、おつゆは自分《じぶん》でつくっておくれ。」

母さんは、自分《じぶん》の食器《しょっき》にめんつゆをつくり、さっさと食べはじめた。ハチベエもテレビのまえをはなれて食卓《しょくたく》にむかう。

そうめんを二杯《はい》食べおわったころ、電話《でんわ》が鳴った。ハカセからだった。

「あのさあ、さっき、きみがあずかったコピー用紙《ようし》だけど、よかったら、うちにファックスでおくってくれないかなあ。」

「なんでだよ。」

「あれは、市長《しちょう》さんの交通費《こうつうひ》の請求伝票《せいきゅうでんぴょう》だったろ。ぼくも興味《きょうみ》があるから、いちおうチェックしておこうと思うんだ。」

ハカセは、そこでちょっとことばをとぎらせたが、やがて、

「ほんとはフロッピーのなかみも見てみたいんだけど……。うちはパソコンもワープロもないからなあ。」

「それは、ちょっとまずいんじゃないの。かってになかみを見ちゃあ。」

さすがのハチベエも、そこまではしたくない。

「そうだよねえ。個人《こじん》の情報《じょうほう》だからね。無断《むだん》で見るのは、やっぱりまずいなあ。」

ハカセも、すぐに前言《ぜんげん》をひるがえした。

が、ふたりの思いとはうらはらに、事態《じたい》はいよいよふくざつになってきたのである。

その日の夕《ゆう》がた、ハチベエが、二階《かい》の自室《じしつ》でゲームに熱中《ねっちゅう》していると、階下《した》から母《はは》親《おや》の声がきこえた。

「ちょっと、おりておいでよ。大手町《おおてまち》の事故《じこ》のニュースやってるよ。」

あわてて階下《した》におりると、母さんがあがりかまちにこしかけて、茶《ちゃ》の間《ま》のテレビをのぞきこんでいた。画面《がめん》では、女性《じょせい》のアナウンサーがしゃべっている。

「きょう午前《ごぜん》十時すぎ、ミドリ市大手町《しおおてまち》の路上《ろじょう》でひき逃げ事故《じこ》が発生《はっせい》しました。被害《ひがい》者《しゃ》は市内袋町《しないふくろ》に住む、無職《むしょく》、荒木不二男《あらきふじお》さん五十二歳《さい》で、頭《あたま》を強く打《う》って、市内の病《びょう》院《いん》に収容《しゅうよう》されましたが、午後《ごご》三時に死亡《しぼう》。ミドリ西警察署《にしけいさつしょ》はひき逃げ死亡事故《しぼうじこ》として、加害者《かがいしゃ》のゆくえを追《お》っています。現場《げんば》はせまい道路《どうろ》で、目撃者《もくげきしゃ》の話によると、加害者の車はかなりのスピードで荒木さんをはねたのち、そのまま逃走《とうそう》したもようです。

現場にブレーキをかけた形跡《けいせき》がないことから、警察では、故意《こい》に荒木さんをはねた可能性《かのうせい》もあるものとみて、事故と犯罪《はんざい》の両面《りょうめん》から捜査《そうさ》を開始《かいし》しています。なお、荒木さんをはねた車は、××年式《ねんしき》のセルシオで、色はシルバーメタリックです。」

ハチベエはかたずをのんで、画面《がめん》に見いっていた。

被害者《ひがいしゃ》の顔写真《かおじゃしん》はのらなかったが、現場《げんば》の風景《ふうけい》から、あきらかにあの事故《じこ》にまちがいない。と、いうことは、あのおっさんは袋《ふくろ》町に住んでいる荒木不二男《あらきふじお》という名前《なまえ》なのだ。

画面がかわって、どこかのひろびろとしたあき地《ち》がうつしだされた。

「ミドリ市《し》の大塚正史《おおつかまさし》市長《しちょう》は、市の開発公社《かいはつこうしゃ》が所有《しょゆう》している土地のうち、遊休地《ゆうきゅうち》となっている、いわゆる塩漬《しおづ》け土地について、有効利用《ゆうこうりよう》の可否《かひ》について再検討《さいけんとう》するよう、関係部署《かんけいぶしょ》に指示《しじ》したことをあきらかにしました。これら遊休地の固定資産税《こていしさんぜい》が財政圧迫《ざいせいあっぱく》の原因《げんいん》のひとつとみられることから、市としては、民間《みんかん》へのはらいさげも視野《しや》にいれた、思いきった処置《しょち》を講《こう》ずるひつようがあるとしています。なかでも新幹線《しんかんせん》ミドリ駅の北側《きたがわ》にある、四千平方メートルの土地については、商業地区《しょうぎょうちく》や住宅地区《じゅうたくちく》として民間《みんかん》に売却《ばいきゃく》できるのではないかとの見方が有力《ゆうりょく》です。」

そのとき、電話《でんわ》が鳴りだした。ハチベエが受話器《じゅわき》をとったとたん、モーちゃんの金《かな》切《き》り声《ごえ》が耳につきささった。

「ハ、ハチベエちゃん、たいへんだよ。あの、おじさん、死《し》んじゃったんだよ。あのおじさん、殺《ころ》されたんだ。」

テレビの画面《がめん》には、目のぎょろりとした四角《しかく》な顔《かお》つきの中年男《ちゅうねんおとこ》の顔写真《かおじゃしん》が登場《とうじょう》していた。ハチベエにも見おぼえがある。あれは、たしかミドリ市《し》の市長《しちょう》さんだ。

「わかってる。おれも、いま、テレビで見たんだ。荒木不二男《あらきふじお》っていうんだってな。」

「そんなことより、あのおじさん、わざとひき逃《に》げされたんじゃないかって……」

「おれの勘《かん》はあたってたってことさ。」

「やっぱり警察《けいさつ》にとどけたほうがいいんじゃないの。あのフロッピーのなかに、犯人《はんにん》にむすびつく情報《じょうほう》がはいってるかもしれないよ。」

モーちゃんの声は、いくぶんふるえていた。

「待《ま》て、まて、ハカセにも相談《そうだん》してみるからよ。」

「そんなことしてるうちに、犯人が、ハチベエちゃんのところにやってきたら、どうするのさ。」

「なに、びくついてるんだよ。おれたちのことは、だれも知らないんだぞ。」

「わかんないよ。荒木《あらき》さんが、ハチベエちゃんに、なにかわたすところ、だれかが見ていたかもしれない。」

「まさか……。」

こたえながら、ハチベエもかんがえこんでしまった。事故《じこ》が起こったとき、ハチベエたちが男のそばにかけよったことは、両側《りょうがわ》の店のひとや通行人《つうこうにん》も、当然《とうぜん》みていたにちがいない。ただ、男がハチベエにものをわたしたことまで気づいたかどうか。いや、目撃者《もくげきしゃ》のなかには、あの場面《ばめん》を見たものもいるかもしれない。しかし、たとえそうであってもハチベエたちの身《み》もとまでは、だれにもわからないはずだ。

「とにかく、ハカセに相談《そうだん》してみるから、それまでは、おまえ、あのことはぜったいだれにもしゃべるなよ。」

ハチベエは、一方的《いっぽうてき》に電話《でんわ》を切ると、いそがしくハカセの家の番号《ばんごう》をおしはじめた。

4

電話《でんわ》に出たハカセは、男性死亡《だんせいしぼう》のニュースは知らなかったようだ。

「ふうん、そうか。あのおじさん、亡《な》くなったの。かわいそうに……」

「それだけじゃないぞ。警察《けいさつ》も、あの事故《じこ》のことあやしいと思って調査《ちょうさ》しているってよ。」

「当然《とうぜん》だろうな。あれは、たんなる交通事故《こうつうじこ》じゃないよ。」

「おまえ、おちついてるけどよ。これって、かなりヤバいんじゃないの。おれは、おっさんからたいせつなものあずかってるんだぜ。どうしたらいいのかなあ。」

モーちゃんとの会話《かいわ》では、泰然自若《たいぜんじじゃく》をよそおっていたハチベエも、しだいに心配《しんぱい》になってきたのである。

「そうだなあ。問題《もんだい》は、その荒木《あらき》というひとが、なぜ殺《ころ》されたかってことだよねえ。やっぱり、あのフロッピーのなかみは、いちど見たほうがいいなあ。」

「それって、ますますヤバくないか。もしも、たいへんな秘密《ひみつ》データがはいっていたら……」

「荒木不二男《あらきふじお》というひとは、いったいなにをしていたの。」

「無職《むしょく》だって……」

「無職ねえ。」

ハカセは、しばし沈黙《ちんもく》していたが、やがてのこと、ゆっくりとこたえた。

「荒井陽子《あらいようこ》さんが、パソコンあつかえるの知ってるかい。あのひとにたのめば、例《れい》のフロッピーを見ることができると思うんだけど。」

「陽子が……」

とつぜん、ハカセの口からとびだしたクラスの女の子の名前《なまえ》に、ハチベエは絶句《ぜっく》した。

「彼女《かのじょ》、パソコンが得意《とくい》なんだってさ。友だちとメールの交換《こうかん》したり、インターネットを見たりしてるらしいよ。」

「ほんとかよう。でも、なんで、おまえ、そんなこと知ってるんだ。」

「ぼくもそろそろパソコンをはじめようかと思ってたんだ。夏休みまえだったかな、

彼女《かのじょ》が教室《きょうしつ》でパソコンの話してたから、どんな機種《きしゅ》を買ったらいいかアドバイスしてもらったんだよ。」

ハチベエには、どれもこれも初耳《はつみみ》な話だ。

「おまえ、そんなことで、あいつと仲良《なかよ》くなってたのか。そのこと、ちっとも話してくれなかったなあ。」

「そうかなあ。でも、きみはパソコンには興味《きょうみ》ないだろ。」

パソコンに興味はないが、かわいこちゃんにはおおいに興味がある。

「わかった。あした、陽子《ようこ》の家にいって、例《れい》のフロッピーを見てみようじゃないか。そいで、なにか重大《じゅうだい》な秘密情報《ひみつじょうほう》なら警察《けいさつ》にとどけよう。これでいいな。」

ハチベエは、たちまち決断《けつだん》した。

かくして、よく日《じつ》の午前《ごぜん》ちゅう、ハチベエ、ハカセ、モーちゃんの三人は、花山上《はなやまうえ》町にある荒井陽子《あらいようこ》の自宅《じたく》を訪問《ほうもん》したのである。

これらのだんどりは、いきがかりじょうハカセがすべてととのえたのだ。

「パソコンのフロッピーが見たいんだって……？　機種《きしゅ》が合えばいいけど。フロッ

ピーによってはひらけないものもあるのよ。それでもいいの。」

ときならぬ男性《だんせい》の訪問客《ほうもんきゃく》に、陽子《ようこ》は、いくぶん迷惑《めいわく》げな顔《かお》をしながらも、それでも自室《じしつ》に案内《あんない》してくれた。

さすがに女の子のへやは、きちんとかたづいている。へやのすみの勉強《べんきょう》づくえのよこに、もうひとつつくえがおかれ、その上にパソコンがおかれていた。

「パパがあたらしいのにかえたから、古いのをもらったの。ええと、どんなフロッピーなの。」

陽子が三人をふりかえったので、ハチベエはおもむろに、リュックから黒いビニールぶくろをとりだした。

「これなんだ。たぶんパソコンのやつだと思うけど。」

「いったい、なにがはいってるの。」

「それが、知りたいから持ってきたのさ。」

「あら、あんたたちも、なかみは知らないわけ。それって、どういうことなのよ。」

陽子が警戒《けいかい》するように、ハチベエの顔《かお》を見る。

「ううん、これにはふかいわけがあるんだ。じつは、このフロッピーは、ある人物《じんぶつ》からあずかったんだけどよ。そのひとが死《し》んじまったんだ。」

陽子《ようこ》が、きみわるげにハチベエの手もとをながめる。

「ちょっと、ちょっと、それって、まずいんじゃないの。そのフロッピーは遺品《いひん》ってことでしょ。だったら遺族《いぞく》にかえすほうがいいと思うけど。」

「もちろんかえすつもりだけど、そのまえになかみだけは、いちおう確《たし》かめておきたいんだ。殺人事件《さつじんじけん》の手がかりかもしれないんだぜ。」

「殺人事件……。」

陽子が、かわいらしい顔《かお》をしかめる。

「あんたたち、いったい、なにをしたのよ。そんなたいせつなものを、どうしてあんたが持ってるの。」

そのとき、ハカセが咳《せき》ばらいした。

「ハチベエくん、荒井《あらい》さんには事実《じじつ》を話したほうがいいよ。そのうえで、協力《きょうりょく》してもらえるかどうか、決めてもらおう。それで、いいね。」

ハチベエには、なんら異議《いぎ》はなかった。

ハカセの説明《せつめい》を陽子《ようこ》は、目をまるくしながらきいっていたが、やがて、ほっとため息《いき》をついた。

「ふうん、あんたたち、ほんとに市役所《しやくしょ》に出かけたのね。本気《ほんき》でオンブズマンやる気だったんだ。荒木《あらき》さんていうひとも情報公開《じょうほうこうかい》してもらってたんでしょ。そのひともオンブズマンだったの。」

「本人《ほんにん》はちがうっていってたけど、なにかしらべていたことはたしかだろうな。こいつをコピーしてもらってたんだ。」

ハチベエが、市長《しちょう》の交通費《こうつうひ》のコピーをとりだす。

「市長の交通費の請求伝票《せいきゅうでんぴょう》ね。ミドリ空港《くうこう》から羽田《はねだ》までの飛行機《ひこうき》と、羽田から霞ヶ関《かすみがせき》までのタクシー料金《りょうきん》……。どうして、こんなものを情報公開してもらったのかしら。」

「タクシーに乗るのはぜいたくだって思ったんじゃないの。羽田から霞ヶ関までなら、モノレールとかJR《ジェイアール》の路線《ろせん》があるからね。」

ハカセが自分《じぶん》の見解《けんかい》を述《の》べる。

「とにかく、このフロッピーを見なくちゃあ、らちがあかないぜ。これを見たら、荒《あら》木《き》さんが調査《ちょうさ》していたことがわかるはずだからよ。」

ハチベエのことばに、陽子《ようこ》も決心《けっしん》したようだ。

無言《むごん》でパソコンのまえにすわると、電源《でんげん》をいれた。待《ま》つほどにモニターにチェッカーフラッグみたいな旗《はた》の絵があらわれ、電子音楽《でんしおんがく》がきこえたと思ったら、すぐにブルーの画面《がめん》にかわった。

陽子は、ハチベエの手からフロッピーをうけとると、モニターのよこのボックスにセットして、マウスをうごかした。

いくつかの操作《そうさ》をくりかえしたあと、やがて画面に、数字《すうじ》や英語《えいご》の書かれたたくさんの四角があらわれた。

「これ、デジカメで撮《と》った映像《えいぞう》ね。」

陽子が四角の一つをクリックすると、モニターに一枚《まい》の映像が出現《しゅつげん》した。

どこかのホテルのロビーみたいな場所《ばしょ》に立った、ふたりの人物《じんぶつ》がうつっている。人物のすがたが小さいので顔《かお》はよくわからないが、どちらもコートを着《き》た男性《だんせい》だ。

陽子《ようこ》がつぎの映像《えいぞう》をクリックした。こんどは、どこかのレストランらしい。これまたふたりの男がテーブルにすわっているが、ひとりはうしろむきなので顔《かお》はわからない。もうひとりの男が、テーブルごしに、あいてに話しかけている。

「これ、ミドリ市《し》の市長《しちょう》さんじゃないの。」

陽子が声をあげたので、ハチベエも、陽子の肩《かた》ごしに画面《がめん》をのぞきこんだ。なるほど、きのうの夕《ゆう》がた、テレビの画面に登場《とうじょう》していた四角なぎょろ目の男とそっくりだ。

「うん、まちがいないね。大塚市長《おおつかしちょう》だ。」

反対側《はんたいがわ》からのぞきこんだハカセも、めがねをなおしながらうなずく。

陽子が、いそがしくマウスを操作《そうさ》するたびに、つぎつぎとあたらしい映像があらわれた。場所《ばしょ》は、レストランだったり、屋外《おくがい》だったりするし、あいての男の顔《かお》もちがうのだが、一方《いっぽう》は、みな市長だった。つまり、この映像は、市長がどこかで、だれかに会っている場面《ばめん》なのだ。

「そうか、やっぱりあのおっさんは市長のことをしらべてたんだなあ。」

ハチベエは、考《かん》えぶかげに、なんどもうなずいてみせた。

「八谷《はちや》くん、わるいけど、もうすこしはなれてくれないかしら、操作《そうさ》がしにくいんだけど。」

陽子《ようこ》がからだをよこにずらす。気がつけば、ハチベエの顔《かお》は、陽子のほっぺたに、あわやくっつくほど接近《せっきん》し、左手はあつかましくも陽子のせなかにまわされていたのである。

5

陽子が、フロッピーにはいっていた写真《しゃしん》を、一枚《まい》一枚拡大《かくだい》してプリントしてくれた。

写真はぜんぶで十五枚あり、どの写真にもふたりないし三人の人物《じんぶつ》がうつっている。どれもスーツすがたの紳士《しんし》で、かならずミドリ市《し》の市長《しちょう》がはいっていた。

「この写真は、おそらく市長が東京《とうきょう》に出張《しゅっちょう》ちゅうの写真だと思うんだ。つまり、十一月と十二月に東京に出かけたときの写真なんだよ。」

へやのまんなかにならべた写真をながめながら、ハカセが自説《じせつ》をひろうしはじめた。

「交通費伝票《こうつうひでんぴょう》で見ると、市長さんは、いずれも飛行機《ひこうき》で写真まで飛んで、そのあとタクシーで霞《かすみ》ヶ関《がせき》まで出かけているんだ。そのあと、霞ヶ関から新橋《しんばし》の〝弥生《やよい》ホテル〟までタクシーを利用《りよう》している。そして帰りは、新橋から羽田《はねだ》までタクシーに乗って、飛行機《ひこうき》でミドリ市《し》にもどってる。

と、いうことは、このホテルのロビーというのは、新橋の弥生ホテルのロビーかもしれないな。ほら、市長《しちょう》さんのうしろに、ホテルのカウンターみたいなものがうつってるだろ。」

ハカセが、一枚《まい》の写真《しゃしん》を指《ゆび》さした。なるほど、市長と、もうひとりの人物《じんぶつ》のバックにカウンターがあって、蝶《ちょう》ネクタイの男が立っているのが、小さく見えている。

「これも、ホテルのレストランかなあ。ずいぶんごちそうがならんでるよ。これって、ちょっとぜいたくだよねえ。」

モーちゃんが、食事風景《しょくじふうけい》の写真《しゃしん》を指さした。市長《しちょう》のすわっているテーブルの中央《ちゅうおう》に大きなお皿《さら》があり、からあげや、野菜《やさい》いためや、エビ料理《りょうり》などがならんでいた。どうやら中華料理《ちゅうかりょうり》らしい。

「わかったぜ。荒木《あらき》さんは、市長が旅行《りょこう》ちゅうに、税金《ぜいきん》のむだづかいをしているのをしらべてたんだ。」

ハチベエが、なっとくしたようにうなずくと、陽子《ようこ》が首《くび》をかしげた。

「でも、市長《しちょう》なんだから、羽田《はねだ》からタクシーに乗ってもいいんじゃないのかしら。それに、このホテルだって、それほど高級《こうきゅう》そうには見えないし、料理《りょうり》だって、ごくふつうの中華料理《ちゅうかりょうり》みたいだけど。」

「そりゃあ、おまえがいつも、ぜいたくしてるからだぜ。おまえのおやじも県庁《けんちょう》の役人《やくにん》だったよな。食糧費《しょくりょうひ》や交通費《こうつうひ》のむだづかいしてるんじゃないのか。」

「あら、失礼《しつれい》ね。うちのパパなんて経費節減《けいひせつげん》でたいへんなのよ。どこかに出張《しゅっちょう》するときでも、できるだけ泊《と》まらないようにしてるわ。東京《とうきょう》にいくときでも、朝一番《あさいちばん》の飛行機《ひこうき》で出かけて、最終便《さいしゅうびん》で帰ってくるのよ。」

「ふうん、でも、それって、おかしいよ。飛行機より列車《れっしゃ》のほうが安くなるんじゃないの。たとえホテルに一泊《ぱく》しても、そっちのほうが経費節減になると思うけどな。」

「ちかごろは、そうでもないみたいよ。飛行機も割引《わりびき》があって、新幹線《しんかんせん》と、あまりちがわないの。それに移動《いどう》や宿泊《しゅくはく》に時間をとられると、それだけはたらく時間がみじかくなるじゃない。ともかく、あたしはミドリ市《し》の市長《しちょう》さんが、そんなにぜいたくをしているとは思えないわね。」

「じゃあ、荒木《あらき》さんは、どうしてこんな写真《しゃしん》をハチベエくんにあずけたと思うの。」

ハカセが、じっと陽子《ようこ》を見すえた。陽子は、長い髪《かみ》に手をそえたまま、あらためて床《ゆか》の上の写真をながめまわす。

「まずいえるのは、山中《やまなか》くんがいうように、二度の東京行《とうきょうい》きの写真だということはまちがいないわ。市長さんのスーツは、さいしょの八枚《まい》は、紺色《こんいろ》に黄色いネクタイしてるわよね。ところが、あとの七枚は灰色《はいいろ》にかわってるし、ネクタイも赤系統《あかけいとう》になってる。もちろん旅行《りょこう》ちゅうに着《き》がえる可能性《かのうせい》もあるけど、交通費《こうつうひ》の伝票《でんぴょう》をセットにすれば、これらの写真は、二度の東京出張《とうきょうしゅっちょう》の写真《しゃしん》でしょうねえ。

問題《もんだい》は、市長さんといっしょにうつっているひとが、だれかってことじゃないの。ええと、このひととこのひとは、同一人物《どういつじんぶつ》ね。それに、このひととこのひとも、おなじひとだわ。それに、このひと……。市長さんは、東京で三人の人物と、ホテルやレストランで会っていることになるでしょ。その人物がだれなのかってことよ。」

「そうか。荒井《あらい》さんて頭《あたま》いいなあ。そうだよねえ。」

モーちゃんが、感心《かんしん》したように声をあげた。

「でもさあ、みんな、どこかの社長《しゃちょう》さんみたいだね。べつに悪者《わるもの》みたいじゃないよ。」

市長《しちょう》といっしょにうつっているのは、いずれも五十代《だい》から六十代くらいの紳士《しんし》たちだ。

「ただね、この写真《しゃしん》を見てごらんなさい。どれも、正面《しょうめん》からどうどうとうつしてるわけじゃないわよねえ。たぶん、ものかげから、こっそりうつしたんだと思うの。本人たちにはないしょで撮影《さつえい》しているわけでしょ。」

なるほど、どの写真にもてまえに鉢植《はちう》えの木の葉がうつっていたり、通行人《つうこうにん》の肩《かた》ごしにうつしている、いわゆる隠《かく》し撮《ど》りなのだ。

「ふうん、おもしろくなってきたなあ。て、いうことは、この連中《れんちゅう》は悪徳商人《あくとくしょうにん》かもしれないぞ。市長《しちょう》に賄賂《わいろ》を贈《おく》っているやつだぜ、きっと。こいつらが、なにかわたしている写真なかったかな。」

がぜん元気になったハチベエが首《くび》をのばして、写真を一枚《まい》一枚点検《てんけん》しはじめたが、ざんねんなことに、いずれの写真《しゃしん》にも、市長《しちょう》が、菓子折《かしお》りの包《つつ》みをうけとったり、札《さつ》たばらしきものをうけとっているショットはなかった。

　ハチベエが写真の上に身《み》をのりだしたので、ほかの連中《れんちゅう》は、なんとなくからだをうしろにずらせた。

「あたし、さっきから気になっているんだけど、このフロッピーをあずけた荒木不二男《あらきふじお》さんて、そもそもなにものなのかしら。」

　陽子《ようこ》が、ハカセとモーちゃんを見まわす。

「それは、ぼくも気がかりなんだよ。けさの新聞《しんぶん》を見たら、無職《むしょく》って書いてあったなあ。」

「やっぱりこのフロッピーは、荒木さんの遺族《いぞく》にとどけてあげたほうがいいんじゃないの。遺族なら、荒木さんが調査《ちょうさ》していた内容《ないよう》もごぞんじかもしれないし、もしかしてこのフロッピーが手がかりになって、荒木さんをひき逃《に》げした犯人《はんにん》がわかるかもしれないわよ。」
「そうだよねえ。荒木さんの家《いえ》がわかんないのなら、警察《けいさつ》にとどければいいよ。」

モーちゃんが賛成意見《さんせいいけん》をはくと、ハカセもほそい腕《うで》をくんだ。

「家《いえ》は袋町《ふくろ》って書いてあったな。袋町にいってさがせば、わかるかもしれない。」

「それがいいよ。ご飯《はん》たべたら袋町にいってみよう。」

モーちゃんが、わが意《い》を得《え》たりとばかり力説《りきせつ》したとたん、ハチベエが、むっくりとからだを起こした。

「おまえら、かってに決めてもらっちゃあこまるなあ。あのおっさんからあずかったのは、おれなんだぞ。そんなことは、おれが決めることじゃねえか。」

「だったら、ハチベエちゃんは、フロッピーをネコババするつもりなの。」

「べつに、ネコババするつもりはないけどよ。あのおっさん、事故《じこ》のときに、自分《じぶん》が持ってたらだれかにぬすまれる。そう思って、とっさにおれにフロッピーをあずけたんだと思うんだ。

おれだったら、たぶん、自分がけがで入院《にゅういん》したとしても、病院《びょういん》をつきとめて返《かえ》しにきてくれる。そう信《しん》じたんじゃないのかなあ。だからよ、おれとしても、見こまれた以上《いじょう》、かんたんにフロッピーを手ばなしちゃあ、あのおっさんに悪《わる》いんじゃないかっ

て……」

がらにもなく考《かんが》えぶかげな顔《かお》のハチベエに、ハカセが、めがねをずりあげながらこたえた。

「しかしねえ。荒木《あらき》さんは、亡《な》くなったんだよ。ここは、やはり荒木さんの遺族《いぞく》にかえしてあげるのがいちばんいいんじゃないの。荒木さんも、それを期待《きたい》して、きみにあずけたんだと思うなあ。」

「そうだなあ。おっさんの家《いえ》が見つかるなら、返《かえ》しにいってもいいけど……。陽子《ようこ》がつきあうんなら、昼《ひる》から袋《ふくろ》町にいってみようかなあ。」

とつじょご指名《しめい》をうけた陽子は、長いまつげをぱちぱちさせる。

「あら、どうしてあたしがつきあわなくちゃあいけないの。」

「だって、おまえも荒木さんの秘密《ひみつ》を知ったんだろ。つまり、おれたちと仲間《なかま》じゃないか。仲間は、いっしょに行動《こうどう》しなくちゃあ。」

ハチベエのかなり強引《ごういん》な意見《いけん》に、陽子は、ちょっと口もとをとがらせたが、やがて、

「いいわ。あたしもいっしょにいく。そのかわりひとりじゃいやよ。由美子《ゆみこ》と圭子《けいこ》も

さそうからね。」

「なんであいつらをさそうんだ。」

「だって、荒木《あらき》さんの事故《じこ》は、もしかすると殺人事件《さつじんじけん》かもしれないんでしょ。そんな危険《きけん》なところに、ひとりでいくのいやよ。」

「ひとりでいくわけじゃないぞ。おれもいっしょにいくんだぞ。」

「悪《わる》いけど、あんたたちだけじゃあ、たよりないの。」

そのとき、ハカセがポンとひざをたたいた。

「よし、こうしよう。荒木さんのお葬式《そうしき》は、おそらくあしただと思うんだ。お葬式のある家《いえ》ならひとの出入《でい》りもおおいから、見つけやすいと思うよ。それで、まずはおまいりにきたような顔《かお》をして、ようすをさぐってみよう。」

「あたしたちが、お葬式に参列《さんれつ》するっていうの。あたし、喪服《もふく》もってないわよ。」

陽子が、とまどったようにいえば、モーちゃんも、

「葬式に出るんだったら、香典《こうでん》もっていかなくちゃあいけないよ。」

しぶい顔《かお》をした。

「なにも、家《いえ》のなかにはいらなくても、そのへんに立って、ようすをさぐるんだよ。そうすれば、荒木《あらき》さんというひとが、どんなひとかわかるだろ。」

「めんどくせえなあ。かえすんなら、きょうのうちにさっさと返《かえ》しにいこうぜ。」

ハチベエがいったとたん、ハカセがいくぶん声の調子《ちょうし》をつよめた。

「きみ、状況《じょうきょう》がわかっていないね。荒木さんは、なにものかに殺《ころ》されたかもしれないんだよ。

しかし、なぜ殺されたのか、その理由《りゆう》もわかっていない。と、いうことは、フロッピーに関係《かんけい》があるのかもしれないんだ。ひょっとしたら、この写真《しゃしん》にうつっている人物《じんぶつ》のひとりが犯人《はんにん》かもしれない。

そんなとき、ぼくらがおおぜいで荒木さんの家におしかけて、フロッピーをかえしてごらんよ。いやでも目につくんじゃないか。そして、犯人は、こんどは、ぼくらをねらってくるかもしれない。」

三、ハチベエの災難《さいなん》

1

袋《ふくろ》町は、ミドリ市《し》の中心地から南よりにあるせまい町で、三人の住む花山《はなやま》町からは、ミドリ港行《こうゆ》きの市電《しでん》に乗って、大宮《おおみや》という駅《えき》でおりればよいそうだ。

と、これらの下調《したしら》べは、例《れい》によってハカセがうけもち、よく日《じつ》の午前《ごぜん》九時、一行《いっこう》は市電の花山駅前《はなやまえきまえ》に集合《しゅうごう》したのである。

今回は、あたらしくオンブズマンにくわわった（と、ハチベエだけが思いこんでいる）女性《じょせい》メンバー、荒井陽子《あらいようこ》、榎本由美子《えのもとゆみこ》、安藤圭子《あんどうけいこ》もいっしょだ。安藤圭子も、ショートカットの髪形《かみがた》がよくにあう美少女《びしょうじょ》なのだが、しょうしょう口が悪《わる》く、ハチベエのにがてとする女性である。

「大宮《おおみや》町には新庄神社《しんじょうじんじゃ》っていう大きなお宮《みや》があるんだ。神社のすぐ西側《にしがわ》が袋町だから、

市電《しでん》の駅《えき》から歩いて、そうね、十分もかからないと思うよ。」

市電に乗りこむと、すぐさま地図《ちず》をひろげたハカセが、いまいちど位置《いち》を確認《かくにん》した。

「いくら町がせまいといっても、個人《こじん》の家《いえ》をさがすのはむつかしいんじゃないの。」

榎本由美子《えのもとゆみこ》が首《くび》をかしげる。

「だいじょうぶ、お葬式《そうしき》のある家なら、花輪《はなわ》とかちょうちんがかざってあると思うし、どうしてもわからない場合《ばあい》は、交番《こうばん》でしらべることもできるからね。」

ハカセは、自信満々《じしんまんまん》といった顔《かお》をしている。

「問題《もんだい》は、荒木《あらき》さんの家を見つけてからね。お葬式の日に、遺族《いぞく》のひとにこっそり会うのは、むつかしいんじゃないの。」

こんどは安藤圭子《あんどうけいこ》が疑問《ぎもん》を表明《ひょうめい》した。彼女《かのじょ》たちも、もちろんこれまでの事情《じじょう》はきいている。

「きょうのところは、家を見つけることと、それとなく近所《きんじょ》のひとや、お葬式にやってきたひとから、荒木不二男《あらきふじお》という人物《じんぶつ》についてきいてみること。それから、もし写真《しゃしん》にうつっていた男があらわれたら、正体《しょうたい》をつきとめること。まあ、そんなところだね。荒木《あらき》さんからあずかったものは、なにも、きょうかえさなくてもいいんじゃないのかな。」

ハカセのことばに、一同《いちどう》、無言《むごん》でうなずいた。

市電《しでん》は、市の中心である紙屋《かみや》町交差点《こうさてん》から大きく南にまがり、港《みなと》の方向にむかって走りはじめた。大宮駅《おおみやえき》は、紙屋町駅から四つめの停留所《ていりゅうじょ》だ。

駅をおりると、道《みち》の西側《にしがわ》の家《や》なみごしに大きなお宮《みや》の屋根《やね》がそびえていた。ハカセが地図《ちず》で確認《かくにん》した新庄神社《しんじょうじんじゃ》らしい。

電車通《でんしゃどお》りから神社までは、広い道路《どうろ》が一直線《いっちょくせん》に走っているから、まようこともなかった。

いったん神社の正面《しょうめん》まで歩き、そこから境内《けいだい》にそった道をまわりこむと、神社のうらてに出た。と、そこには、雑然《ざつぜん》とした町がひろがっていた。車がようやくはいりこめるくらいの道路の両側《りょうがわ》には、飲食店《いんしょくてん》や商店《しょうてん》がならび、うらてには木造《もくぞう》のアパートらしい建物《たてもの》がぽつん、ぽつんと建《た》っている。高いビルなどは、ほとんどなかった。

「この道から川のそばまでが袋《ふくろ》町なんだ。」

ハカセが、地図《ちず》と、そばの電柱《でんちゅう》にはられた町名のプレートを確認《かくにん》する。

「荒木《あらき》さんの家《いえ》を見つけるの、たいへんねえ。そのひと、一軒家《いっけんや》に住んでいたの。」

「わかんないなあ。アパートかもしれない。」

「アパートでも、お葬式《そうしき》のときに入り口にちょうちんをだすのかしら。」

「市営《しえい》アパートのお葬式は、集会所《しゅうかいじょ》でやるよねえ。」

六人は、頭《あたま》をよせあって、てんでにしゃべりはじめた。

「こんなとこにつったっていても、らちはあかないぜ。ほら、葬式のときは電信柱《でんしんばしら》なんかに、矢印《やじるし》のポスターがはってあるじゃないか。あいつをさがそう。」

ハチベエの意見《いけん》で、六人は、ともかく手分けして町のなかを歩いてみることにした。

まずは、女性《じょせい》メンバーと男性軍《だんせいぐん》にわかれて、町をひとまわりするのだ。荒木さんの家を発見したら、すぐさまほかのメンバーに通報《つうほう》する。

男性軍は、ハカセの地図をたよりに、まずは神社《じんじゃ》の境内《けいだい》にそった道を町の南のはしっこまで歩き、ここから町内のせまい道をしらみつぶしにたどりながら、両側《りょうがわ》の家いえをしらべることにした。

神社《じんじゃ》のうらてに屋根《やね》のついた門があって、ここからもひとが出入りしている。

「なんだ、神社のなかをつっきったほうが近道《ちかみち》じゃなかったのか。」

ハチベエが、裏門《うらもん》を見ながらいった。

袋《ふくろ》町は、東側《ひがしがわ》の新庄神社境内《しんじょうじんじゃけいだい》にそった道路《どうろ》と、西の川すじにはさまれて、ぜんたいがほぼ三角形をしているせいか、道路もななめに走っていたり、みょうなところでいきどまりになっている。

三十分ほど歩きまわると、反対方向《はんたいほうこう》からやってくる女性《じょせい》メンバーと出会った。

「どう、見つかった。」

陽子《ようこ》が、ハンカチでひたいのあたりをたたきながらたずねる。

「ううん、お葬式《そうしき》の準備《じゅんび》をしている家《いえ》はなかったなあ。」

「ほんとに、きょうがお葬式なの。もしかすると、きのうのうちにすませたんじゃないの。」

「でも、亡《な》くなったのがおとといの午後《ごご》だからなあ。いくらなんでもつぎの日にお葬式ってことはないと思うけど。それに、ぼくら、アパートの郵便《ゆうびん》うけもチェックして、

荒木《あらき》という家《いえ》がないか、たしかめたんだ。」

「あたしたちも、お店のひとにきいてみたわよ。でも、知らないって。」

「しようがない。あとは、交番《こうばん》できくよりほかにないね。ええと、この近くの派出所《はしゅつじょ》は……。たしか、電車通《でんしゃどお》りにあったと思ったけど。」

ハカセがふたたび地図《ちず》をひろげたとき、向こうから歩いてきたワイシャツすがたの男が、かたわらをとおりぬけながら、六人の顔《かお》を見まわして、ふと足をとめた。

「やっぱり、道子《みちこ》ちゃんの兄さんか。さっき見かけたとき、どうも、よくにていると思ったんだ。あれ、奥田《おくだ》くんもいるじゃないの。」

男が、したしげに声をかけてきた。

「クミちゃんのお父さん……」

ハカセも、おどろきの声をあげる。同じ団地《だんち》に住む村上《むらかみ》さんという、妹《いもうと》の友だちの父親《ちちおや》だった。
「おおぜいで、なにを相談《そうだん》してるんだい。ああ、そうか、夏休みのグループ研究《けんきゅう》か。新庄神社《しんじょうじんじゃ》のことでもしらべてるの。」

村上《むらかみ》さんが、道の反対側《はんたいがわ》にある神社《じんじゃ》のほうをふりかえる。

「あ、いえ、そうじゃないんです。」

こたえながら、ハカセは、ふと思いだした。クミちゃんの父親《ちちおや》は、稲穂新聞《いなほしんぶん》の記者《きしゃ》なのだ。

「おじさん、ちょっとおうかがいしますが、荒木不二男《あらきふじお》さんというひとの家《いえ》をごぞんじありませんか。おととい大手町《おおてまち》でひき逃《に》げ事故《じこ》にあって、亡《な》くなったひとなんです。」

「荒木不二男……」

新聞記者《しんぶんきしゃ》の顔《かお》つきが、きゅうにかわった。そして、ぎゃくに質問《しつもん》してきた。

「荒木不二男さんの家を、どうしてしらべてるの。」

「あ、ええと、それはですね。ぼくらも、あの事故のときに現場《げんば》にいあわせたんです。それで、新聞に亡くなられたと出ていたんで、お葬式《そうしき》にいこうかと思って……」

「すると、きみたち、七月二十三日の事故を目撃《もくげき》してたのか。うん、おじさんも近所《きんじょ》のひとからきいたよ。荒木さんがひかれたとき、まっさきにとびだした子どもがいたって。そうか、あの子どもが、きみたちだったのか。それは、それは……」

村上記者《むらかみきしゃ》は、あらためてハカセたちを見まわしていたが、ふと、あたりをうかがうようにしてから、こんどは小声《こごえ》でハカセに語《かた》りかけた。

「ここで立《た》ち話《ばなし》っていうのもなんだから、どこかでおちついて話したいな。きみたちも、のどがかわいてるだろ。」

ハカセは、みんなを見まわした。

「あのね、村上さんは、ぼくの妹《いもうと》の友だちのお父さんでね、稲穂新聞《いなほしんぶん》の記者さんなんだけど……」

「へえ、事件記者《じけんきしゃ》なんだ。」

圭子《けいこ》が感嘆《かんたん》の声をあげて、目のまえのふうさいのあがらないめがねの中年男《ちゅうねんおとこ》をながめる。

「八谷《はちや》くん、ちょうどいいチャンスじゃないの。新聞社《しんぶんしゃ》のひとに相談《そうだん》したらどうかしら。」

陽子《ようこ》も、村上さんの顔《かお》をちらりとながめてから、小声で提案《ていあん》した。

ハチベエは、がらにもなくかんがえこんでしまった。たしかに、荒木《あらき》さんからのあずかりものの件《けん》を新聞記者《しんぶんきしゃ》に話すほうが、かんたんかもしれない。しかし、そうなると、ひき逃《に》げ犯人《はんにん》や、写真《しゃしん》の人物《じんぶつ》について独自《どくじ》の捜査《そうさ》をするという、われらオンブズマンの活躍《かつやく》の場《ば》がなくなるのではないか。

しかし、うまくいけば、このひとのよさそうな記者から、荒木不二男《あらきふじお》という人物について、なんらかの情報《じょうほう》を得《え》ることもできるかもしれない。

「わかった。村上《むらかみ》さんに相談《そうだん》しようぜ。ただし、話すのはおれだ。いいな。」

ハチベエのことばに、村上記者《むらかみきしゃ》もかるくうなずく。

「電車通《でんしゃどお》りに出れば、おちつける場所《ばしょ》があるだろう。」

さきに立って歩きだした。

市電《しでん》の大宮駅《おおみやえき》のそばに喫茶店《きっさてん》があった。村上さんは、ドアをあけてなかにはいると、いちばんおくのソファのおかれたコーナーにむかった。そして、ハチベエたち子どもをソファにすわらせると、自分《じぶん》はテーブルの反対側《はんたいがわ》のいすに腰《こし》をかけた。

「みんな、なににする。」

「あのう、ケーキもたのんでいいですか。」

モーちゃんが、おずおずとたずねる。

「ああ、いいよ、いいよ。好《す》きなものを注文《ちゅうもん》しなさい。」

モーちゃん以外《いがい》は、みんなコーラやジュースなどだったが、村上記者《むらかみきしゃ》は、気をきかせてケーキセットにしてくれた。

ひととおりオーダーがすむと、村上さんは、あらためてみんなの顔《かお》をながめまわす。

「じつはね、おじさんも、いま荒木《あらき》さんの家《いえ》にいってきたところなんだ。」

そのことばに、ハチベエたちは、思わず顔《かお》を見あわせたものである。

2

「荒木さんの家、どのあたりにあったんですか。」

ハカセが、まず口をひらいた。

「町の北のはずれの川のそばのアパートなんだが、ちょっとわかりにくいところだからね。名前《なまえ》は白百合荘《しらゆりそう》っていうんだけど、およそ白百合ってふんいきじゃないなあ。

それに、かぎがかかっているから、いってもしようがないよ。」

「お葬式《そうしき》は、いつだったんですか。」

「さあ、いつなんだろう。荒木《あらき》さんは、家族《かぞく》がいなかったからな。遺体《いたい》は、きのう、茨城県《いばらきけん》に住んでおられる、弟《おとうと》さんというかたが引き取りにみえられたそうだけど。おそらくこちらで遺骨《いこつ》にして、郷里《きょうり》でお葬式をされるつもりじゃないかなあ。」

「茨城県……。」

「あのひとは、もともとあちらのひとだったらしい。ミドリ市《し》にくるまえは、東京《とうきょう》にいたっていうが、よくわからない。」

「あのひと、無職《むしょく》って書いてありましたよね。どうやって生活していたんですか。」

ハカセが、またもや質問《しつもん》するのを、村上《むらかみ》さんが制《せい》した。

「山中《やまなか》くんは、いやに荒木さんのことを気にしてるようだけど、なにか、理由《りゆう》があるのかい。いやね、ちょっと小耳《こみみ》にはさんだんだが、おとといの事故《じこ》のときに、そばにかけよった子どもに、荒木さんが、なにか書類《しょるい》のようなものを手わたしていたのを見たというひとがいてね。警察《けいさつ》も、興味《きょうみ》を持ってるんだよ。」

村上《むらかみ》さんは、じっとハカセの顔《かお》をみつめる。

「どうだい、その書類《しょるい》というの、ちょっと見せてくれないかなあ。それに、荒木《あらき》さんは、なぜ、そんなものをきみたちにあずけたのか、その理由《りゆう》も知りたいんだ。」

やはり、あのときのことを目撃《もくげき》していたひとがいたのだ。ハカセは、ちらりとハチベエのほうに目で問《と》いかける。モーちゃんも、ショートケーキを口に持っていきながら、ハチベエの顔をのぞきこんだ。

ここは、やはりハチベエの出番《でばん》だろう。

「あのですね。じつは、おれたちオンブズマンなんです。そいで、おとといの朝、市《し》役所《やくしょ》で調査《ちょうさ》しているとき、荒木さんに出あったんです。」

ハチベエのことばに、村上さんが、めがねのおくの目をぱちくりさせた。

「きみたちがオンブズマンだって。いったいなにをしらべてるの。」

「ううん、悪徳業者《あくとくぎょうしゃ》から賄賂《わいろ》をもらっている役人《やくにん》とか、税金《ぜいきん》をむだづかいしてるやつらですね。」

「ふうん、近ごろの子どもたちは、すごいなあ。じゃあ、きみたちは、市役所の情報《じょうほう》公開《こうかい》コーナーで、荒木《あらき》さんに出あったんだな。彼《かれ》もなにか、開示請求《かいじせいきゅう》していたの。」

「ええ、市長《しちょう》さんの交通費《こうつうひ》です。」

ハチベエが、すんなり白状《はくじょう》する。

「大塚市長《おおつかしちょう》の交通費……？　あの男は、そんなものを開示請求していたの。それ、ほんとうだろうね。」

村上《むらかみ》さんのことばが、微妙《びみょう》に変化《へんか》したのを、だれも気づかなかった。

「うそじゃありません。うたがうんなら、市役所《しやくしょ》のひとにきいてみればわかるはずです。」
「いやあ、それはむりだろう。情報公開《じょうほうこうかい》の請求者《せいきゅうしゃ》の名前《なまえ》は秘密《ひみつ》になっているんだよ。わかった、きみのことばを信用《しんよう》するよ。で、そのあと、いっしょに市役所を出て、例《れい》の事故《じこ》に出あったわけだな。そして、荒木から書類《しょるい》をあずかった。その書類、いま、持っているの。」
そのときになって、ハカセは、村上さんのことばの変化に気づいた。さいしょ、村上記者は、荒木さんと呼《よ》んでいたはずだが、いつのまにか呼びすてになっている。

ハチベエが、ハカセのほうにむきなおった。

「おい、どうする。例《れい》の書類《しょるい》、見せてもいいかな。」

「それは、きみの判断《はんだん》にまかせるよ。そのかわり、おじさん、荒木《あらき》さんのことを、もっとくわしく話してくれませんか。おじさんは、あのひとのこと、よく知ってるんでしょ。」

ハチベエが、リュックのなかからコピー用紙《ようし》をとりだして、記者《きしゃ》に手わたした。記者は、いそがしく書類をめくっていたが、やがて、ハチベエのほうに視線《しせん》をもどした。

「なるほど、これは市長《しちょう》の交通費《こうつうひ》の請求伝票《せいきゅうでんぴょう》だな。荒木は、これをなんといってあずけたの。」

「たいせつなものだから、あずかってくれ。だれにもわたさないようにって……。」

「たいせつなものねえ。」

村上《むらかみ》さんは、いまいちど書類に目をおとしていたが、ふと、ハカセの視線に気づいたらしい。

「ええと、荒木不二男《あらきふじお》のことだったな。うん、あの男は、なんていうのかな、政治家《せいじか》や企業《きぎょう》の秘密《ひみつ》をかぎつけて、ゆすりをはたらいている男なんだよ。八年前までは『稲《いな》穂《ほ》ジャーナル』という、小さい新聞社《しんぶんしゃ》を経営《けいえい》していたんだが、これはおもてむきで、うらでは、会社《かいしゃ》や政治家《せいじか》からお金をゆすっていたんだ。八年前に恐喝《きょうかつ》の罪《つみ》で起訴《きそ》されて、刑務所《けいむしょ》にはいっていたんだが、三年前に出所《しゅっしょ》して、またぞろ県庁《けんちょう》や市役所《しやくしょ》に顔《かお》をだすようになったんだよ。」

「あのひと、悪者《わるもの》だったんですか。」

モーちゃんが、あんぐり口をあけた。もしかすると、現代《げんだい》のひょっとこ侍《ざむらい》かと思っていたのが、じつは、他人《たにん》をおどして、ゆすりたかりをはたらいていたとは……。

「彼《かれ》が、そういう経歴《けいれき》の持《も》ち主《ぬし》だからね、今回《こんかい》の事故《じこ》も、あるいは、彼によわみをにぎられた人物《じんぶつ》の犯行《はんこう》ではないかといううたがいが強いのさ。と、なると、彼が、だれをターゲットにしていたかということが問題《もんだい》なんだが……。しかし市長《しちょう》の交通費《こうつうひ》なんかしらべて、ゆすりの種《たね》になるのかなあ。」

村上《むらかみ》さんは、首《くび》をひねっている。

「その伝票《でんぴょう》では、市長さんは、去年《きょねん》の十一月と十二月に、二度東京《とうきょう》に出かけてますね。

それ、なんの目的《もくてき》だったのか、わかりますか。」

ハカセが、ゆっくりとたずねた。

「ああ、それなら、すぐにわかるよ。ちょっと待《ま》ってね。」

村上《むらかみ》さんは、手にしていた四角なプラスチックのかばんをあけると、ノートパソコンをとりだす。そして、これまたかばんからとりだしたケータイを耳にあてた。

「社会部《しゃかいぶ》の村上ですけど、政治部《せいじぶ》さん……？　ああ、シゲちゃんか。去年《きょねん》のミドリ市《し》の市長《しちょう》の行動《こうどう》について、至急《しきゅう》しらべてメールしてもらえる。いいかい、十一月八日から十一日までと、十二月六日から八日まで。いずれも東京《とうきょう》に出張《しゅっちょう》しているはずなんだ。ついでに同行《どうこう》のメンバーもわかったらおしえてよ。いいね。大至急《だいしきゅう》だよ。」

電話《でんわ》を終えた村上さんは、ケータイをパソコンのかどにあるポケットにさしこんだ。

「べんりな世《よ》のなかになったもんだよ。外に出ていても、ひつような情報《じょうほう》が、すぐに手にはいるんだもの。」

もしかすると、あのパソコンに例《れい》のフロッピーをさしこめば、瞬時《しゅんじ》にデジカメの画《が》像《ぞう》も見られるかもしれない。

そのとき、ハカセのよこにすわっていた陽子《ようこ》が、ハカセのせなかをつついた。

「新聞社《しんぶんしゃ》なら、写真《しゃしん》にうつってたひとたちのこともわかるんじゃないかしら。」

陽子もハカセとおなじことをかんがえたらしい。ハチベエはと見れば、知《し》らん顔《かお》でコーラをストローで飲《の》んでいる。

村上《むらかみ》さんは、テーブルの上にかがみこんで、パソコンの画面《がめん》をにらんでいて、ハカセと陽子の会話《かいわ》には気づかないようすだった。

やがて、村上さんが顔《かお》をあげた。

「市長《しちょう》の出張《しゅっちょう》スケジュールがとどいたぞ。ええと、十一月八日から四日間、いわゆる陳情活動《ちんじょうかつどう》だな。八日は全国市長会議《ぜんこくしちょうかいぎ》に出席《しゅっせき》したあと、各省庁《かくしょうちょう》をまわり、九日は東京《とうきょう》の県人会《けんじんかい》に出席してから、地《じ》もとの国会議員《こっかいぎいん》の事務所《じむしょ》をたずねているね。十日は日曜日《にちようび》なのでホテルで休養《きゅうよう》。十一日は、品川区《しながわく》の区民《くみん》センターの視察《しさつ》をして、夕《ゆう》がたミドリ市《し》に帰っている。宿泊《しゅくはく》は、いずれも新橋《しんばし》の弥生《やよい》ホテルだ。

十二月も、にたようなもんだ。六日に省庁まわりをして、七日には国会議員の事務所まわりで、八日は、大手町《おおてまち》にできた全国物産会館《ぜんこくぶっさんかいかん》の落成式《らくせいしき》のパーティに出て、これまた夕《ゆう》がたの飛行機《ひこうき》で帰っている。いずれも秘書《ひしょ》が同行《どうこう》しているなあ。」

村上《むらかみ》さんは、パソコンをくるりとハチベエたちのほうにむけた。画面《がめん》には、いま村上さんがいったとおりのスケジュールが、ずらりと書きこまれていた。

「このスケジュールは、まちがいないんですね。変更《へんこう》したってことはないんですね。」

ハカセが念《ねん》をおすと、村上さんがわらいだした。

「市長《しちょう》の公務《こうむ》スケジュールは、こんなものさ。まあ、スケジュールのあいだに、どこかで息《いき》ぬきくらいはしているかもしれないがね。それとも、なにか気になることでもあるの。」

「市長の食糧費《しょくりょうひ》をしらべたほうがいいんじゃないの。東京《とうきょう》で、ぜいたくなものを食べてるかもしれないもんなあ。」

ハチベエが、ぽろりと口にしたのは、例《れい》の写真《しゃしん》にレストランの画像《がぞう》があったからだろう。

「はは、さすがにオンブズマンだな。食糧費に目をつけたわけか。でも、おそらく、そんなにむだづかいはしていないと思うよ。もっとも、どこかの企業《きぎょう》から接待《せったい》されている可能性《かのうせい》はある。日曜《にちよう》とか、夜の行動《こうどう》まではスケジュール表に出ていないからねえ。そうか、荒木《あらき》は、そのあたりの情報《じょうほう》を持っていたのかもしれないな。この二回の上京《じょう》ちゅうに、市長《しちょう》がだれかから過剰接待《かじょうせったい》をうけた事実《じじつ》をつかんで、そのことで、市長をゆすっていたのかも……。

しかし、それくらいのことで、殺《ころ》しにまで発展《はってん》するとは思えないがねえ。」

さすがに新聞記者《しんぶんきしゃ》だけのことはある。たった数枚《すうまい》の交通費《こうつうひ》の伝票《でんぴょう》から、いろいろな可能性《かのうせい》をひきだしたのだ。

3

喫茶店《きっさてん》で三十分ほどすごしてから、オンブズマンたちは、店のまえで村上《むらかみ》さんとわかれた。

「これから、どうするの。」

陽子《ようこ》が、ハカセの顔《かお》をのぞきこんだ。

「せっかくここまできたんだから、やっぱり荒木さんの家《いえ》までいってみようよ。」

「荒木《あらき》さんの家《いえ》には、だれもいないって、記者《きしゃ》さんがいってたわよ。」

「家は留守《るす》でも、近所《きんじょ》のひとから、なにかききだせるかもしれないだろ。」

「いこう、いこう。例《れい》の写真《しゃしん》にうつっていたやつが、うろついてるかもしれないからよ。」

ハチベエは、さっさと通《とお》りをわたって、神社《じんじゃ》へつづく広い参道《さんどう》を歩きはじめた。

参道の中《なか》ほどにある大きな石の鳥居《とりい》をくぐったときだった。いちばんうしろを歩いていた榎本由美子《えのもとゆみこ》が、小走《こばし》りにハチベエのよこにならんだ。

「ねえ、ねえ、へんなひとが、つけてきてるわよ。きみ悪《わる》いなあ。」

「へんなひと……」

ふりむこうとしたハチベエを、由美子が小声《こごえ》でとめた。

「だめよ、気づかれるわ。そっとよ、そっと、ふりむくの。」

そこで、ハチベエは、うしろから歩いてくるモーちゃんに話しかけるふりをしながら、背後《はいご》を偵察《ていさつ》した。

十メートルほどはなれて、背《せ》の高いサングラスの男が

それいけズッコケ三人組シリーズ

稲穂県ミドリ市花山町
柳が池
お化け屋敷
榎本由美子宅
荒井陽子宅
花山第二小学校
北校舎1階職員室
中校舎
1階図書室
3階音楽室
南校舎
3階6年1組
花山上町
花山三丁目
妙蓮寺
花山四丁目
小西邸
マコのアパート
探偵ばあさん
大井印刷
花山公園
安藤圭子宅
上野ミサエ宅
花山五丁目
花山駅
アカツキ書店
交番
風月堂
土谷外科
田園
メルシー
フラワーコーポラス
花山西町
花山
12月1日生まれで血液AB型
ハチベエ
(八谷良平)
身長137cm・体重28kg
成績・
国1・算2・理3・
社2・音1・図2・
体5・家2・
趣味《しゅみ》・イタズラ、好きな色・赤
好きなたべもの ビフテキ・ラーメン
家族 父 八谷勝平 40才 (八谷商店やおや経営)
母 八谷よね 38才
住所・ミドリ市花山町1丁目7-38 (花山商店街)
TEL (22) 0011

花山第二小学校
六年一組
江理絵
田中裕司
加藤幸子
川卓也
新村大吾
本ゆかり
佐々木絵美
橋ひとみ
八谷良平
長嶋崇
金田進
藤井理香
上野ミサエ
代々木真悟
市原弘子
本章
津川卓也
安藤圭子
まえ 1992.

宅和源太郎先生
奥田三吉
後藤淳子
井上隆治
空席
清水学
安藤圭子
田代信彦
高橋ケンジ
中森晋助
伊藤綾
福山孝子
荒井陽子
鈴木和代
榎本由美子
山中正太郎
新庄則夫
横谷慎太郎
伊藤恵
斎藤元一郎
三田村洋美
水島かおり
尾崎浩
徳大寺邦光
前川かずお
福山素子
秋山幸子
仲野孝之
那須正幹

住所. ミドリ市花山町1丁目1-16 花山市営アパート 333 TEL (22)1333
ハカセ (山中正太郎)
6月6日生まれ 血液A型 ※近視 右0.4 左0.3
身長140cm 体重30.3kg
◎成績. 国2・算3・理4・社3・音2・図2 体2・家2・
◎趣味. 読書 理科の実験
好きな色 青. たべものは お茶づけ。
◎家族. 父 山中真之助 39才 ミドリ商事KK勤務
母 山中美代子 34才
妹 山中道子 9才 (4年生)
趣味. 釣り. まんがを読むこと。
好きな色. 緑. たべものは チョコレート アイスクリーム。
◎成績. 国3・算2・理2・社3 音3・図3・体1・家4
◎家族. 母 奥田時子 42才 横田物産KK勤務
姉 奥田タエ子 16才 大川高校2年生
住所. ミドリ市花山町1丁目1-16 花山市営アパート 222 TEL(22)1222
モーちゃん (奥田三吉)
7月15日生まれ 血液O型
身長158cm 体重63kg
お宮
6 5 4 3 2 1
市営アパート
333号 ハカセ宅
222号 モーちゃん宅
花山一丁目
花山
中町
中町
無人ふみきり
道
ハチベエ宅 八谷商店
商店街
正義館道場
市電
二丁目
鉄橋
旭橋
大川
北大川町
南大川町

歩いてくる。白いスーツを着《き》た、なんとなくやくざふうの男だ。

「あのひと、喫茶店《きっさてん》にいたひとよ。あたしたちのボックスのすぐ近くにふたりですわってたの。」

由美子《ゆみこ》が、ますます声をおとす。

「ほんとかよ。気がつかなかったなあ。でも、いまはひとりだぜ。」

「どこかでわかれたんじゃないの。もうひとりは、新聞社《しんぶんしゃ》のひとを尾行《びこう》しているのかも。」

「ねえ、どうしたの。」

うしろからついてくるモーちゃんが、顔《かお》をよせあっているふたりを、けげんな顔でながめた。

「あのな、おれたち、へんな男に尾行されてるみたいなんだ。」

「ほんと。」

モーちゃんは、とつじょ立ちどまると、くるりとうしろをふりかえった。そのとたん、後方《こうほう》の男も立ちどまり、ポケットからたばこをとりだして、顔をうつむけて火をつける。

どうやら由美子《ゆみこ》のいってることとは、ほんとうらしい。

「ねえ、ねえ、どうしたの。」

圭子《けいこ》や陽子《ようこ》、それにハカセもそばによってきた。

「おれたち、やくざみたいなやつに尾行《びこう》されてるんだ。どうする……」

ハチベエは、いくぶん歩調《ほちょう》をはやめながらみんなを見まわした。

「ほんとに、ぼくらを尾行してるのかなあ。たまたま同じ方向《ほうこう》に歩いてるだけかも。」

「たしかめてみようぜ。いいか、いまから走りだすぞ。そいで神社《じんじゃ》のまえにきたら、三組にわかれるんだ。おれと陽子《ようこ》はまっすぐ境内《けいだい》にかけこんで、神社のうらから袋《ふくろ》町にぬけるからよ。モーちゃんと由美子《ゆみこ》は、神社の右からぐるっとまわって袋町にいく。圭子とハカセは左から神社をまわっていくんだ。」

「あの男が追《お》いかけてきたらどうするの。」

「そのときは、ばらばらになって家《いえ》に帰ればいい。とにかく、やつに花山《はなやま》町までついてこられないようにしなくちゃあ。」

ハチベエは、そういいすてると、はやくも神社《じんじゃ》にむかってかけだした。つられて、ほかのメンバーも走りだす。神社のまえにくると、ハチベエは、肩《かた》ごしにうしろをふりかえってみた。

後方《こうほう》の男は、さすがにかけだしてはいなかったが、歩調《ほちょう》をはやめて追《お》いかけてくる。

「ほんとだ。追いかけてくるぞ。いいか、みんな、つかまるなよ。」

ハチベエはそうどなると、陽子《ようこ》の手をひっぱって、境内《けいだい》に走りこんだ。

神社の境内は、ひろびろとしている。正面《しょうめん》には、銅板《どうばん》をふいた大きなお宮《みや》が建っていて、石畳《いしだたみ》の道がのびていた。暑さのせいか、お参《まい》りのひとはあまりいない。屋台《やたい》も出ていない。

お宮のまえまできて、うしろをうかがうと、なんと、サングラスの男が一直線《いっちょくせん》にかけてくるではないか。

「ヤバい。おれたちを追いかけてくるぞ。」

ハチベエは、あわてた。ばらばらになれば、男も尾行《びこう》をあきらめるのではないか。

そう思ったのだが、敵《てき》はまようことなくハチベエを目標《もくひょう》にしているらしい。と、いうことは……。

「八谷《はちや》くん、どうしよう。」

陽子《ようこ》も、すっかりおびえきって、ハチベエの手をしっかりにぎりしめている。

「安心しな。あんなやつにつかまる、おれじゃないぜ。」

汗《あせ》ばんだ陽子の手をにぎりかえしながら、ハチベエは、本殿《ほんでん》のよこてに走りこんだ。

本殿のよこては、うっそうとした木立《こだ》ちになっていた。うるさいほどのセミの声が、ふたりの頭上《ずじょう》からふりそそぐ。

木立ちのなかの道を、ハチベエはうらてにむかって走る。ときおりうしろをふりかえると、サングラスも、しつように追《お》いかけてくる。

本殿のうらてにまわりこむと、木立ちの向こうに屋根《やね》のついた裏門《うらもん》が見えた。あの門をくぐれば、袋町《ふくろ》方向へぬけられるようになっているのだ。

裏門めざして走りだそうとしたハチベエは、ふと、思いかえして、本殿の床下《ゆかした》にとびこんだ。本殿の床下は、子どもが立っていられるほどの高さがあるし、何本もの太い柱《はしら》がならんでいた。ハチベエは、なかでもいちばん太い柱のかげに陽子をおしやる

と、自分《じぶん》もそのうしろにかくれた。

ふたりがかくれた直後《ちょくご》、白いスーツが、本殿《ほんでん》のよこてからすがたをあらわした。そして、裏庭《うらにわ》を一直線《いっちょくせん》に裏門《うらもん》へとむかう。

男のすがたが裏門をとびだしていくのを見さだめると、ハチベエは、すぐさま陽子《ようこ》をせかして、床下《ゆかした》をとびだし、もときた道を、おおいそぎでもどりはじめた。

「ほかのひとたち、だいじょうぶかしら。」

陽子が息《いき》をきらせながら、なんどもうしろをふりかえる。

「あいつのめあては、おれじゃないの。あいつ、おれが荒木《あらき》さんから、なにかあずかってるのをかぎつけたんだな。」

「でも、だれかがつかまって、八谷《はちや》くんの住所《じゅうしょ》とか名前《なまえ》をききだすかもよ。」

「そのときは、そのときだ。まごまごしてたら、また、あいつに見つかっちまわあ。」

ようやく、電車通《でんしゃどお》りまでやってきたとき、かたわらの郵便局《ゆうびんきょく》のかげから、声がした。

「ハチベエくん、ぶじだったんだね。」

見れば、ハカセと圭子《けいこ》、それにモーちゃんと由美子《ゆみこ》が、かべぎわにからだをよせあうようにして立っていた。

「なんだよ。おまえら、まだ、こんなところにうろついてたのか。」

「だって、男がきみたちのあとを追《お》って、お宮《みや》のなかにはいっていったから心配《しんぱい》してたんだよ。」

「ばかやろう。ひとの心配より自分《じぶん》の心配をしろ。ぼやぼやしてたら、見つかっちまうぞ。」

「花山行《はなやまゆ》きがきたわよ。」

圭子《けいこ》がさけんだ。見れば、大通《おおどお》りの向こうから市電《しでん》が走ってくるところだった。横断歩道《おうだんほどう》の信号《しんごう》は、青の点滅《てんめつ》にかわっていたが、六人は、小走《こばし》りに道路《どうろ》の中央《ちゅうおう》の電《でん》停《てい》にむかう。タイミングよく、市電が停車《ていしゃ》した。

そして、六人が乗りこむと、ゆっくりと走りだした。

「こわかったわあ。まだ、心臓《しんぞう》がドキドキしてる。」

陽子《ようこ》が、両手《りょうて》で胸《むね》をおさえた。

「あいつ、なにものなのかなあ。」

ハカセが、まどの外に目をやる。

「映画《えいが》に出てくる暴力団《ぼうりょくだん》みたいだったわねえ。」

圭子《けいこ》が、まゆをしかめた。

「荒木《あらき》さんを殺《ころ》したやつじゃないの。こんどは、ハチベエちゃんをねらってるんだよ。」

モーちゃんが、沈痛《ちんつう》な顔《かお》でつぶやく。

「よかったねえ。ぼく、ハチベエちゃんが、神社《じんじゃ》の境内《けいだい》で、殺《ころ》されたんじゃないかって、心配《しんぱい》してたんだ。」

「ちっ、やくざのひとりやふたり、どおってことないさ。」

うそぶいたものの、ハチベエ自身《じしん》、いまごろになってきみが悪《わる》くなってきた。

たしかに、あの男は、ただものではない。へたをすれば、ハチベエも、いまごろは新庄神社《しんじょうじんじゃ》の境内でつめたくなっていたかもしれないのだ。

そのとき、荒井陽子《あらいようこ》が、ハチベエのほうにからだをよせてきた。

「八谷《はちや》くんのこと、見なおしたわ。あんなときに、ぱっとかくれるなんて、あたし

には、できそうもないもの。きみのおかげで、ぶじだったのね。ほんとうにありがとう。」

陽子《ようこ》の熱《あつ》いまなざしに、ハチベエ、とたんに元気が出た。

「はは、あんなのかくれんぼみたいなもんじゃないの。」

ハチベエがてれくさそうに、ぼうしの上から頭《あたま》をがりがりかいたとき、ハカセが口をひらいた。

「これから、どうしよう。あんな連中《れんちゅう》がねらっているとすると、ぼくらだけで、この問題《もんだい》を調査《ちょうさ》するのは、危険《きけん》がおおすぎるんじゃないのかなあ。」

「そうだよねえ。やっぱり警察《けいさつ》にとどけたほうがいいよ。」

モーちゃんが、わが意《い》を得《え》たりとばかり発言《はつげん》する。

「さっきの村上《むらかみ》さんだったっけ。あのひとにフロッピーをわたしてもいいんじゃないかしら。」

と、これは榎本由美子《えのもとゆみこ》の意見《いけん》。

「そうね。新聞社《しんぶんしゃ》なら、写真《しゃしん》にうつっている人物《じんぶつ》もしらべられるんじゃないの。」

安藤圭子《あんどうけいこ》も賛成《さんせい》した。

「しまったなあ。喫茶店《きっさてん》で、フロッピーもわたしちまったほうがよかったかもなあ。

そのほうが、さっぱりするもんなあ。」

いったん元気をとりもどしたハチベエも、わが身《み》にふりかかってきた災難《さいなん》をかんがえれば、どうしても弱気《よわき》になってしまう。

「だったら、こうしようか。とにかく、いちど家《いえ》に帰って、夕《ゆう》がたになったら、ハチベエくん、フロッピーを持って、うちにおいでよ。村上《むらかみ》さんの家は、同じ団地《だんち》だから、いっしょにたずねよう。」

ハカセの提案《ていあん》に、ハチベエも、こっくりうなずいた。

「そうだな。もう、おれたちの手にあうような問題《もんだい》じゃないよなあ。」

やはり、ひょっとこ侍《ざむらい》は、テレビドラマのなかだけの話にすぎないのだ。

4

ハチベエが、ぶじにわが家《や》に帰りついたのは、正午前《しょうごまえ》だった。

なんだかすごくつかれてしまい、昼食《ちゅうしょく》をとると、午後《ごご》は二階《かい》の自室《じしつ》に寝《ね》ころんで、ごろごろしてすごした。

いつのまにかねむっていたらしい。階下《した》からきこえてきた母親《ははおや》の声で目がさめた。

「ハカセちゃんから、電話《でんわ》だよ。」

時計《とけい》を見れば、すでに四時をまわっている。鼻《はな》のあたまにうかんだ汗《あせ》の玉《たま》をぬぐいぬぐい受話器《じゅわき》をとると、ハカセの元気な声がした。

「いま、村上《むらかみ》さんのおばさんから電話があってね、あとすこししたら、村上さんが家《いえ》に帰ってくるってさ。」

「ふうん、新聞社《しんぶんしゃ》って、もう仕事が終わるのか。」

「きみに会うために、いったん自宅《じたく》にもどるだけじゃないの。」

「なるほど、なるほど。おれのために、わざわざ帰ってくるわけか。わかった。じゃあ、例《れい》のものを持って、おまえの家にいけばいいんだな。」

ハチベエは二階にかけあがると、午前《ごぜん》ちゅう持ち歩いていたリュックをかついで、家をとびだした。

花山団地《はなやまだんち》にいくには、まず国道《こくどう》をわたり、鉄道線路《てつどうせんろ》をこえて、みぎての高台《たかだい》にあがらなくてはならない。

団地につづく長い坂道《さかみち》を、ハチベエは、自転車《じてんしゃ》のペダルをふみしめふみしめ、あがっていった。もう五時をすぎていたが、太陽《たいよう》は、あいかわらず西の空でかがやき、アスファルトの道路《どうろ》からは、むっとする熱気《ねっき》が立ちのぼってくる。

坂道のとちゅうで、ハチベエは、ペダルをふむのを断念《だんねん》して、自転車をおしていくことにした。

背後《はいご》から、オートバイの爆音《ばくおん》がきこえてきた。

オートバイはいいなあ。ペダルふまなくてもいいもんなあ。

そんなことをかんがえながらふりかえると、オートバイが、すぐうしろにせまっていた。ハチベエは、オートバイをやりすごすため、立ちどまった。

と、オートバイがハチベエの行《ゆ》く手《て》をふさぐようにしてとまり、ピンク色のシャツに迷彩柄《めいさいがら》のだぶだぶのズボンをはいたライダーが、ゆっくりと車体《しゃたい》からおりたった。

顔《かお》は、黒いフルフェイスのヘルメットをかぶっているのでよくわからないが、どうや

ら、まだ若《わか》い男らしい。

ライダーが、無言《むごん》のままハチベエのそばに近づいてくると、ズボンのおしりからなにかとりだした。なんとなく電気《でんき》カミソリみたいなかたちをしている。

その時点《じてん》まで、ハチベエは、なんの脅威《きょうい》も感《かん》じていなかった。と、いうよりも、脅威を感じるひまがないくらい、ライダーの行動《こうどう》は、むだがなかった。

ふいに、ハチベエの目から火花《ひばな》が散《ち》った……ような気がして、からだがくたくたと地面にたおれこんだ。

いったいなにが起こったのか。気がついたときには、ハチベエは、道路《どうろ》のはしっこに自転車《じてんしゃ》もろともころがっていた。どうやら気をうしなっていたらしい。ただ、かすかに走り去《さ》るオートバイの爆音《ばくおん》をきいたような気がする。

「あら、あら、たいへん。だいじょうぶ？」

声がしたのでふりかえると、買《か》いもの帰《がえ》りらしいおばさんが、近づいてくるところだった。

からだの上にたおれかかっている自転車をひきおこし、

なんとか立ちあがったハチベエの顔《かお》を、おばさんがのぞきこんだ。

「どこも、けがしてない?」

「あ、いえ、だいじょうぶです。おばさん、オートバイ見ませんでしたか。」

「オートバイ……。坂の入り口で出あったけど、あのオートバイとぶっつかったの。」

「そうじゃないけど……」

ハチベエは、あたりを見まわした。自転車《じてんしゃ》のかごにほうりこんでいたリュックが見あたらない。

「そうか……」

ハチベエは、思わずつぶやいた。あのオートバイは、ハチベエから、リュックをうばうのが目的《もくてき》だったにちがいない。

それから五分後、ぼんやりした顔《かお》であらわれたハチベエをむかえたハカセが、ふしぎそうにたずねた。

「どうしたの。なんだか顔色《かおいろ》が悪いよ。あれ、血《ち》が出てるじゃないか。どこかでころんだの。」

ハチベエの右手のひじがささくれて、血《ち》がにじんでいた。

「どうも、こうもあるかよ。ここにくるとちゅうで、ひったくりにあっちまったんだ。」

「ひったくり……？」

「坂道《さかみち》のとちゅうで、オートバイが追《お》いかけてきてさ。そいで、なんだか知らないけど、へんな機械《きかい》みたいなものを、このへんにおしつけられたと思ったら、ビビビって、電気《でんき》が走って、からだがしびれちまって……。気がついたら道ばたにころがってたんだ。」

「それって、スタンガンじゃないの。実物《じつぶつ》は見たことないけど、これくらいの機械だったんじゃない。」

ハカセが、両手《りょうて》の指で大きさをしめす。

「ああ、そうか、スタンガンかもしれないなあ。それから、フロッピーやコピーをいれといたリュックがなくなってたんだ。」

「犯人《はんにん》は、どんなやつ……」

「ううん、ヘルメットで顔《かお》は見えなかったけど、たぶん二十くらいの男じゃないかなあ。」

「袋《ふくろ》町で、きみを追《お》いまわしていた男じゃないだろうね。」

「いや、あいつじゃないな、きっと……」

ハカセは、まゆのあいだにしわをよせて、ちょっとかんがえこむ。

「たんなるものとりじゃないね。さいしょから、きみをねらったんだな。きみの持っているフロッピーをぬすむつもりだったんだ。」

「でも、どうして、おれが花山団地《はなやまだんち》にいくことがわかったんだろう。」

「おそらく、きみの家《いえ》にはりこんでいたんじゃないの。もしかすると、きみの家の電《でん》話《わ》、盗聴《とうちょう》されているのかもしれないよ。」

「ほんとかよ。」

ハチベエは、思わずぎょろ目をむく。電話の盗聴なんて、まるでスパイ映画《えいが》みたいだ。

「とにかく、村上《むらかみ》さんの家にいって、すべてを話そうよ。フロッピーの画像《がぞう》は、荒井《あらい》さんがプリントしてくれてるから、それを見せればいいし……。あ、ちょっと待《ま》って……」

ハカセはあわただしく、おくにかけこむと、どこかに電話《でんわ》をかけはじめた。やがてのこと、にこにこ顔《がお》でもどってきた。

「いま、荒井《あらい》さんに電話してきいてみたら、例《れい》の画像《がぞう》は、彼女《かのじょ》のパソコンにも保存《ほぞん》してるってさ。」

「パソコンに保存……」

「つまりね、フロッピーのデータは、まだ荒井さんのパソコンのなかにものこっているから、いつでもとりだせるのさ。もし、村上《むらかみ》のおじさんが、もとのデータがほしいといったら、荒井さんの家《いえ》にいってもらおうよ。」

ハカセは、そういいながら、くつをはきはじめた。

とちゅうで、二号棟《ごうとう》のモーちゃんをさそって、市営《しえい》アパートを出る。ねんのため団《だん》地《ち》の道を見わたしたが、あやしい人影《ひとかげ》は見あたらない。

村上さんの家は、アパートからほど近い団地のなかにある個人住宅《こじんじゅうたく》だった。

ハカセが案内《あんない》をこうと、玄関《げんかん》に女のひとが出てきた。

「ちょうどよかった。電話《でんわ》しようと思ってたの。おじさんも、いま、もどってきたところよ。」

「やあ、けさほどは、どうも……」

おばさんのうしろから、午前《ごぜん》ちゅうにケーキセットをおごってもらったおじさんが、にこにこしながらあらわれた。

「さあ、こっちにはいって……」

玄関のよこてにある応接間《おうせつま》にはいっていくと、まずはエアコンのスイッチをいれて、三人をソファにすわらせた。

「ぼくに、見せたいものがあるんだって。」

自分《じぶん》もすわりながら、新聞記者《しんぶんきしゃ》が三人を見まわした。

「それがですね。彼《かれ》、ここにくるとちゅう、その品物《しなもの》をうばわれたんです。」

ハカセがこたえた。

「うばわれた……？　おだやかじゃないな。いったい、どういうことなの。くわしく

話してごらん。」

そこで、ハチベエが、坂道《さかみち》でのできごとを話しはじめた。話をきき終えた村上《むらかみ》さんは、ちょっとかんがえこんでしまった。

「そうすると、ぬすまれたのはリュックだけで、そのなかには荒木《あらき》からあずかったパソコンのフロッピーと、けさ見せてくれたコピー用紙《ようし》だけがはいっていたんだね。」

「そうです。」

「と、いうことは、犯人《はんにん》の目的《もくてき》は、その二品だという可能性《かのうせい》が高いねえ。ともかく、これは警察《けいさつ》に通報《つうほう》したほうがいいな。」

村上さんが、応接間《おうせつま》のすみの電話《でんわ》にむかう。

「あの、警察にいうんですか。」

ハチベエが、おしりをもじもじさせる。

「だって、リュックサックを強奪《ごうだつ》されたんだろ。しかも、スタンガンをつかったとなれば、これはれっきとした強盗事件《ごうとうじけん》だからな。警察に通報したほうがいいよ。」

村上さんは、まだ、あまり気のりのしないハチベエを説得《せっとく》すると、警察に電話した。

「警察《けいさつ》には、ここにきてもらうようにしておいたから、それまでに、ぬすまれたフロッピーについて、話してくれないか。そのフロッピーも荒木《あらき》からあずかったんだね。」

「そうです。じつは、フロッピーを友だちのパソコンをつかってひらいてみたんです。」

ハカセが、かばんからプリントされた画像《がぞう》をとりだして、テーブルの上におく。

「これが、フロッピーにはいっていたんだな。」

十五枚《まい》の画像《がぞう》を、村上《むらかみ》さんはたんねんにながめていたが、やがて、うーんとうなった。

「みんな大塚市長《おおつかしちょう》の写真《しゃしん》だねえ。どうも旅《たび》さきでの写真らしい。と、いうことは、例《れい》の東京出張《とうきょうしゅっちょう》ちゅうのスナップということになるが……。」

ふと、村上さんのことばがとぎれた。

「ここにうつってるの、新大阪駅《しんおおさかえき》じゃないかな。この千成《せんなり》びょうたんのモニュメントは、たしか、新幹線《しんかんせん》の駅の構内《こうない》に建ってるんだよ。」

市長《しちょう》と、もうひとりの人物《じんぶつ》が立ち話をしているうしろに、金色《きんいろ》の枝状《えだじょう》の飾《かざ》りがうつっている。枝のさきには、なるほどこれまた金色のひょうたんがさかさにくっついていた。

「おかしいなあ。そうなると、東京出張《とうきょうしゅっちょう》とは、べつのときなのかな。」

「おじさんは、ここにうつっている人物《じんぶつ》に見おぼえはありませんか。」

ハチベエがたずねたが、記者《きしゃ》は、首《くび》をふった。

「いや、どれも見おぼえないなあ。服装《ふくそう》からすれば、会社の重役《じゅうやく》のようなふんいきだが、服装だけではわからないからねえ。新聞社《しんぶんしゃ》でしらべてみよう。そうだ、しらべるといえば、例《れい》の市長の東京出張の、くわしいスケジュールを秘書《ひしょ》からききだしたよ。」

村上《むらかみ》さんが、ソファのそばにおいていたかばんから、一枚《まい》のコピー用紙《ようし》をとりだした。

「これを見るかぎり、市長の行動《こうどう》に、ふしぜんなところはないし、これといって公費《こうひ》のむだづかいは見られない。夜は、ほとんど秘書とふたりで食事《しょくじ》していることになっている。ただ、ちょっとふしぎなのは、どちらも週末《しゅうまつ》から出かけてることなんだ。

土曜《どよう》、日曜《にちよう》というのは、官庁《かんちょう》は休みだろ。それに国会議員《こっかいぎいん》というのは、週末《しゅうまつ》はほとんど地《じ》もとの選挙区《せんきょく》に帰っているから、陳情《ちんじょう》にいくのなら、先生たちが東京《とうきょう》にいるときのほうがいいんだ。ところが、市長《しちょう》は週末に出かけているから、代議士本人《だいぎしほんにん》には面会《めんかい》していない。

まあ、秘書《ひしょ》にきいたところでは、それほど重要《じゅうよう》な用件《ようけん》ではなくて、たんなるあいさつまわりだから、代議士本人に会うほどのことはなかったと話していたがね。そうそう、十一月十日の日曜《にちよう》は、千葉《ちば》にゴルフに出かけたそうだ。だれと出かけたのか、秘書に問《と》いつめたが、私的《してき》な友人というだけで、名前《なまえ》はおしえてくれなかったな。もちろんゴルフに公金《こうきん》はつかっていないという話だ。」

「この写真《しゃしん》は、ゴルフの写真じゃないですねえ。」

ハカセが、テーブルの写真をちらりと見る。

「これはちがうよ。新大阪駅《しんおおさかえき》がうつっているから、おそらく大阪市内《おおさかしない》のどこかじゃないの。これはホテルのロビーのようだから、見るひとが見れば、どこのホテルかは、特定《とくてい》できるだろう。大阪に送って場所《ばしょ》をしらべてもらってもいいなあ。だが、このプリントじゃあ、ちょっと不鮮明《ふせんめい》だね。フロッピーがあったら、きちんとした映像《えいぞう》が見えたのにざんねんだなあ。」

村上《むらかみ》さんが、かるいため息《いき》をついた。

「このデータは友だちのパソコンに、まだ保存《ほぞん》されてますから、いくらでもとりだせると思いますよ。」

「へえ、そうなの。この近所《きんじょ》なの。」

「上《うえ》町の荒井陽子《あらいようこ》って女の子です。けさ、いっしょにいた子なんです。」

ハカセをおしのけるようにして、ハチベエがこたえたとき、玄関《げんかん》で、チャイムが鳴った。ほどなく、おばさんが、応接間《おうせつま》に顔《かお》をだした。

「お父さん、警察《けいさつ》のひとがみえてるわよ。」

「ああ、ここにとおしてくれ。」

やがて、ふたりの制服《せいふく》のおまわりさんがはいってきた。

「ひったくり事件《じけん》が発生《はっせい》したそうですね。被害者《ひがいしゃ》は、どなたなんですか。」

「うん、この少年なんです。ええと、わたしは、通報者《つうほうしゃ》の村上伸彦《むらかみのぶひこ》といいます。」

それから、二十分間、ハチベエは、おまわりさんにたずねられるまま、坂道《さかみち》で起きた事件《じけん》について説明《せつめい》した。

「すまないけど、ちょっと現場《げんば》に案内《あんない》してくれるかい。」

ひととおり説明をきいたのち、おまわりさんが、ハチベエをうながす。

ハチベエは、まだ西日の強いおもてに出ると、パトロールカーに乗せられて団地《だんち》の入り口へとむかった。そして、現場に到着《とうちゃく》すると、もういちど、同じ説明をくりかえさせられたのち、ようやく村上《むらかみ》さんの家《いえ》にもどされた。

「よし、それじゃあ、荒井《あらい》さんの家にまわって、それからきみの家におくってあげよう。」

おまわりさんがもどっていくのを待《ま》って、村上さんが立ちあがった。

ハチベエがわが家《や》に帰りついたのは、午後《ごご》六時をすぎたころだった。

「あんた、自転車《じてんしゃ》で出かけたんじゃないのかい。」

歩いてもどってきたハチベエに、店番《みせばん》をしていた母親《ははおや》が、不審《ふしん》そうな声でたずねる。

「うん、ハカセの近所《きんじょ》のひとに、車でおくってもらったから、自転車《じてんしゃ》はアパートにおいてきたんだ。」

「たかが、花山団地《はなやまだんち》だろう。なにも車でおくってもらうこともないじゃないのかねえ。」

「これには、いろいろわけがあってさ。じつは、おれ、ひったくりにあったんだ。」

「ひったくり……。なに、とられたんだい。お金もってたのかい。」

「リュックサック……。」

「ドジなどろうぼうもいたもんだねえ。あんなきたないリュックなんかとってもしょうがないじゃないのに。べつに、金《かね》めのものはいってなかったんだろ。」

「あのねえ、母ちゃん、息子《むすこ》がひったくりにあったっていったら、もっと心配《しんぱい》するのがふつうじゃないのかい。たとえば、けがはしなかったかとか、命《いのち》はだいじょうぶかとか。」

「だって、おまえ、ぴんぴんしてるじゃないか。」

「ほら、ここ、血《ち》が出てるだろ。」

「そういえば、ちょっとすりむいてるねえ。どうしたんだい。つきとばされたのかい。」

「スタンガンで、気絶《きぜつ》させられたんだぜ。」

「スタンガンて、なにさ。」

「護身用《ごしんよう》の武器《ぶき》だな。強力《きょうりょく》な電流《でんりゅう》がながれて、チカンなんかを撃退《げきたい》するんだ。」

「ふうん、あんたチカンしたわけじゃないんだろ。」

「だからさあ、犯人《はんにん》が護身用の武器を悪用《あくよう》したんだよ。」

「そりゃあ、災難《さいなん》だったよねえ。そんなもんで、ビリビリやられて、これ以上頭《いじょうあたま》わるくなったらたいへんだよ。警察《けいさつ》に電話《でんわ》しなくちゃあ。」

「もう、連絡《れんらく》して、ちゃんと説明《せつめい》したからだいじょうぶ。」

「あら、そうかい。じゃあ、うちは、なんにもしなくてもいいんだね。」

「いいんじゃないの。」

「あんた、このところ、おかしなことばかりに出あうねえ。こないだはひき逃《に》げ事故《じこ》に出あったばかりじゃないか。おはらいでもしてもらったほうがいいんじゃないかねえ。」

「いいよ、いいよ。それより、おれ、ふろにはいりてえなあ。」

「おふろなら、もうわいてるからね。ちゃんと、ぬいだものは洗濯機《せんたくき》にいれといておくれよ。バスタオルなんかも、ちらかすんじゃないよ。」

母親《ははおや》はそういうと、おりから店《みせ》さきにあらわれたお客《きゃく》のほうにいってしまった。

どうも、ハチベエの両親《りょうしん》は、子どもの行動《こうどう》に鈍感《どんかん》だ。もっとも、ハチベエの日ごろの行動に、いちいち神経質《しんけいしつ》になっていたら、とっくのむかしにノイローゼになっていただろう。

おふろにはいったハチベエは、お湯《ゆ》にしみるひじのけがに顔《かお》をしかめながら、きょう一日のできごとを思いかえしていた。

袋《ふくろ》町で出あったなぞの男の追跡《ついせき》を、ハチベエは、もののみごとにかわしたと思っていたのだが、もしかすると、あの男は、そののちも、ハチベエのあとをひそかに尾行《びこう》していたのかもしれない。そして、ハチベエの家《いえ》を見はって、彼《かれ》が外出《がいしゅつ》するのを見て、ふたたび尾行したのだ。でも、オートバイの男は、けさの男とは別人《べつじん》だった。と、いうことは、男には複数《ふくすう》の仲間《なかま》がいるということだ。

「そうか……」

ハチベエは、湯船《ゆぶね》のなかで、おもわず声をあげる。

榎本由美子《えのもとゆみこ》の話によれば、喫茶店《きっさてん》のなかにいたのは、二人組だった。ハチベエを追《つい》跡《せき》したのは、なかのひとりだが、もうひとりの男を、ハチベエは知らない。オートバイの男というのが、もしかすると、その人物《じんぶつ》だった可能性《かのうせい》もある。

だが、そこまでして、荒木《あらき》さんからのあずかりものをねらうということは、やはり、かなり重要《じゅうよう》な品物《しなもの》ということになる。

陽子《ようこ》のパソコンに保存《ほぞん》されていた画像《がぞう》は、あたらしい、べつのフロッピーにコピーされて村上《むらかみ》さんに手わたされた。村上さんは、新聞社《しんぶんしゃ》の調査網《ちょうさもう》を駆使《くし》して、画像の分《ぶん》析《せき》をするだろう。そうすれば、画像にうつっていた人物の特定《とくてい》もできるかもしれない。

そして、てがらはすべて新聞社のものになり、ハチベエは、ただただ、スタンガンで気絶《きぜつ》させられただけという結果《けっか》に終わりかねない。

これでは、なんのためのオンブズマンか、わからないではないか。

いや、待《ま》てよ……。ハチベエは、午前《ごぜん》ちゅうのできごとをいまいちど思いかえしてみた。

なぞの男に追《お》われて陽子《ようこ》と手に手をとって走った光景《こうけい》。そして、電車《でんしゃ》のなかで陽子が、ハチベエにだけ見せた、熱《あつ》い視線《しせん》。

これこそ、ハチベエが夢《ゆめ》みた、ひょっとこ侍《ざむらい》の名場面《めいばめん》そのものではないか。

ハチベエの顔《かお》は、しだいにゆるんできた。

やっぱりオンブズマンになってよかったなあ。

四、オンブズマン・スリーの活躍《かつやく》

1

ハチベエの家《いえ》に、ふたりの刑事《けいじ》がたずねてきたのは、よく朝《あさ》の八時すぎだった。とき《※》ならぬ警察《けいさつ》の訪問《ほうもん》に、店《みせ》にいた父親《ちちおや》はたまげてしまった。

「あいつ、また、なにかしでかしたんですか。まったくもって、もうしわけございません。ただ、なんといっても、まだ子どものことでございますから、ぜひともおんびんに……。どうか、おねがいしますよ。」

父親が、ぺこぺことおじぎをくりかえしはじめたので、刑事のほうがあわてた。

「お父さん、お父さん、こちらのお子さんは、なにもなさったわけじゃありません。きのう、ひったくりにあわれたんで、そのときのようすをききにきただけですから。」

「良平《りょうへい》が、ひったくりに……」

父親《ちちおや》は、うしろにひかえている母親《ははおや》をふりかえる。

「母ちゃん、良平《りょうへい》がひったくりにあったんだってよ。おまえ、きいていたか。」

「ああ、そんなこといってたよ。でも、きたないリュックとられただけだってさ。」

「そんなことは、おれにも話してくれないと、こまるじゃないか。良平はどうした。」

「さっきまで茶《ちゃ》の間《ま》にいたけどねえ。」

母親が店《みせ》のおくの障子《しょうじ》をあけた。ハチベエは、いまだテレビのまえにすわりこんで、のんびり朝のワイドショーを観賞《かんしょう》している。

「良平、警察《けいさつ》のひとがおまえに用があるそうだよ。」

母親のうしろについてきた刑事《けいじ》が、顔《かお》をのぞかせる。

「八谷良平《はちやりょうへい》くんだね。ちょっとききたいことがあるんだけど、いいかな。」

「ええ、いいですよ。」

ふたりの刑事は、あがりかまちに腰《こし》をおろすと、ポケットから手帳《てちょう》をとりだした。

さいしょに口をひらいたのは、めがねをかけた若《わか》いほうの刑事だった。

「きのうの午後《ごご》五時ごろ、花山団地《はなやまだんち》の坂道《さかみち》で、オートバイに乗った男に、スタンガンのようなものをからだにおしつけられて、行動《こうどう》の自由《じゆう》をうばわれ、自転車《じてんしゃ》のかごにのせていたリュックをうばわれた。これ、まちがいないね。」

ハチベエは、こっくりうなずく。

「リュックのなかにはいっていたのは、パソコンのフロッピー一枚《まい》と、コピー用紙数《ようしすう》枚《まい》、それに手帳《てちょう》と鉛筆《えんぴつ》……。これもまちがいないね。」

ふたたび、ハチベエはうなずいてみせる。

と、こんどは、頭《あたま》のうすいねんぱいの刑事《けいじ》が口をひらいた。

「ところで、八谷《はちや》くんは七月二十三日の午前《ごぜん》十時ごろ、大手町《おおてまち》の路上《ろじょう》でひき逃《に》げ事故《じこ》があったのを目撃《もくげき》しているんだそうだなあ。きみは友人《ゆうじん》ふたりといっしょに、被害者《ひがいしゃ》の荒木不二男《あらきふじお》さんのそばに、まっさきにかけつけたところ、被害者がきみになにかをあずけたそうじゃないか。きくところによれば、黒いビニールぶくろにつつまれたフロッピー一枚と、ミドリ市長《しちょう》の交通費《こうつうひ》に関《かん》するコピー用紙で、その二つがうばわれたリュックのなかにはいっていた。」

ハチベエは、おやっと思った。うばわれたリュックのなかみについては、きのうおまわりさんに話したが、それが荒木《あらき》さんからあずかった品物《しなもの》だということは、話してはいなかった。

「それから、もうひとつ確認《かくにん》しておきたいんだけどね。きみは友だち数人《すうにん》といっしょに、きのうの午前《ごぜん》ちゅう、袋《ふくろ》町の荒木さんの家をたずねようとしたさい、不審《ふしん》な男に追《お》いかけられた。これもまちがいないかね。」

「そのこと、だれからきいたんですか。」

「あるすじからの情報《じょうほう》なのさ。とにかく、そうした事実《じじつ》があったのかどうか、知りたいわけだよ。」

ねんぱいの刑事《けいじ》が、じっとハチベエを見すえる。

「ええ、ほんとです。やくざみたいな男に追いかけられました。」

ハチベエの証言《しょうげん》に、ふたりの刑事は、ちらりと顔《かお》を見あわせてから、手に持っていたセカンドバッグから写真《しゃしん》のたばをとりだした。

「ちょっと、これを見てほしいんだけど、このなかに袋町できみをつけまわした男と、きみをおそったオートバイの男がいないかね。」

写真《しゃしん》には、いずれも目つきの悪《わる》い男が前向《まえむ》きと横向《よこむ》きにうつっていた。

ハチベエは、一枚《まい》一枚、たんねんに写真をながめる。しかし、袋《ふくろ》町で出あった男はサングラスをしていたし、オートバイの男にいたってはかんぜんに顔《かお》をかくしていた。

「わかんないなあ。袋町であったやつは、背《せ》が高かったなあ。それにやせてました。」

「年齢《ねんれい》は……。」

「うーん、四十くらいかなあ。白いスーツにズボンはいてました。」

「下に着《き》ていたシャツの色は……。」

「おぼえていません。でも、どうして、そんなことをきくんですか。」

「じつはねえ、自分《じぶん》たちは、荒木《あらき》さんの事件《じけん》を捜査《そうさ》しているんだよ。事故現場《じこげんば》のききこみで、荒木さんから品物《しなもの》をあずかった子どもがいるということがわかったから、以前《いぜん》からきみたちのゆくえをさがしていたんだよ。ところが、きみがきのう、ひったくりにあったという届《とど》け出《で》があったんで、関係者《かんけいしゃ》に事情《じじょう》を問《と》い合わせてみたというわけさ。

そこで、あらためてお願《ねが》いがあるんだが、荒木さんからあずかったフロッピーの内《ない》容《よう》と、コピー用紙《ようし》の内容《ないよう》について、おじさんたちにもくわしくおしえてくれないかねえ。」

「あれ、そのことは知らないんですか。」

「うん、うばわれたフロッピーやコピー用紙が、荒木《あらき》さんからあずかったものだったということはきいていているんだが、内容については、まだはっきりと把握《はあく》しているわけじゃない。どうだろう、フロッピーのデータは、きみのガールフレンドのパソコンに保存《ほぞん》されていているんだろ。それをわれわれにもコピーしてもらえるように、はからってくれないか。」

刑事《けいじ》さんのことばで、ハチベエも、やっとわかった。ハチベエたちのことを警察《けいさつ》に話したのは、おそらく稲穂新聞《いなほしんぶん》の村上《むらかみ》さんにちがいない。ただ、村上さんは、コピーの内容や、フロッピーのデータまで、警察に見せたわけではないらしい。

「これは、荒木さんを殺害《さつがい》した犯人《はんにん》を逮捕《たいほ》する手がかりにもなるし、きみをおそった犯人をつかまえるのにも、重要《じゅうよう》な手がかりになると思うんだがなあ。」

ねんぱいの刑事が、ハチベエの顔《かお》をのぞきこむ。

「おしえてもいいけど、そのかわり、ちょっときいていいですか。いま、見せてくれた写真《しゃしん》のひとたちって、だれなんですか。」

「ああ、これか……」

ねんぱいの刑事《けいじ》は、ちょっとかんがえていたが、やがて口をひらいた。

「この写真は、県内《けんない》に事務所《じむしょ》を持つ暴力団関係者《ぼうりょくだんかんけいしゃ》のなかで、今回《こんかい》の事件《じけん》に関係がありそうな連中《れんちゅう》なんだ。」

「暴力団……。荒木《あらき》さんは、暴力団に殺《ころ》されたんですか。」

「ああ、いや、まだはっきりしたことはわからんのだ。ただ、犯行《はんこう》につかわれた車が、きのうの朝市内《しない》の駐車場《ちゅうしゃじょう》で発見されたんだが、今月はじめに市内でぬすまれた盗難車《とうなんしゃ》だということがわかった。つまり、犯人《はんにん》は、あらかじめぬすんでおいた車をつかって荒木さんをひき殺《ころ》している。と、なると犯人は、かなり以前《いぜん》から、荒木さんをおそう計画《けいかく》をたてていたんじゃないかと思われるんだよ。

被害者《ひがいしゃ》の荒木さんというひとは、ちょっとふくざつな事情《じじょう》のあるひとでねえ。暴力団との利害関係《りがいかんけい》というか、ふかいつながりがあったから、もしかするとやつらとトラブルがあったんじゃないかと思ってね。そんなことから、さっきの写真《しゃしん》の連中《れんちゅう》もうかんできたんだが……。べつに、この連中が犯人《はんにん》と決まったわけじゃない。あくまでも参考《さんこう》のために見てもらったようなわけだ。」

「そうそう、きみの家《いえ》の電話機《でんわき》も、ちょっとしらべさせてくれないか。まさかと思うが犯人が、電話を盗聴《とうちょう》して、きみの行動《こうどう》を事前《じぜん》に察知《さっち》していた可能性《かのうせい》も、ないことはないからなあ。」

この話も、きのうハカセが村上《むらかみ》さんに話したことだ。おそらく村上さんが、刑事《けいじ》さんに、もらしたにちがいない。

若《わか》い刑事さんが、父親《ちちおや》にことわって店の電話機をチェックしたが、さいわいなことに電話機のなかには、それらしい細工《さいく》はされていなかった。

「犯人はたぶん、袋町《ふくろ》から、ずっときみを尾行《びこう》していたんじゃないのかな。そして、この家を見はっていたんだろう。きみがリュックを持って家を出るのを見て、これさいわいとおそった。まあ、そんなところだろう。いずれにしても、連中は、荒木《あらき》さんからのあずかりものをほしがっていたことはたしかだな。ということは、それが事件《じけん》の重要《じゅうよう》な手がかりであることはまちがいない。」

刑事《けいじ》が、ふたたびハチベエの顔《かお》をのぞきこんだ。

やがて刑事たちは、ハチベエから、荒井陽子《あらいようこ》をはじめとするオンブズマンのメンバーの名前《なまえ》と住所《じゅうしょ》をききとると、立ちあがった。

「刑事さんたち、これから陽子の家《いえ》にいくんなら、おれが案内《あんない》しましょうか。」

ハチベエの申《もう》し出《で》に、刑事たちは、

「ああ、いや、そっちは自分《じぶん》たちでさがすよ。お父さん、息子《むすこ》さんをおそった犯人《はんにん》については、われわれも全力《ぜんりょく》をつくして捜査《そうさ》しますから、どうか、ご安心ください。もし、なにかありましたら、ここに電話《でんわ》ください。」

ハチベエにではなく、父親《ちちおや》に名刺《めいし》をわたすと、そのまま店《みせ》を出ていった。

「いまの刑事は、ミドリ西署《にししょ》じゃなくて、県警《けんけい》の連中《れんちゅう》だぞ。おまえ、たいへんな事件《じけん》に首《くび》をつっこんでいたんだなあ。」

父親が、わたされた二枚《まい》の名刺と、わが子を、まじまじと見つめる。

「暴力団《ぼうりょくだん》なんかにねらわれたら、たいへんだよ。」

きのうはのんきな顔《かお》をしていた母親《ははおや》も、さすがにわが子のことが心配《しんぱい》になったらしい。

「おれは、もう、ねらわれることもないさ。荒木《あらき》さんからあずかったものは、みんなとられちゃったんだもの。」

「それは、おまえが思ってるだけで、あいては、まだ、おまえが、なにか知ってると思ってるかもしれないぞ。いいか、とうぶん、ひとりでふらふら出あるくんじゃないぞ。いいな。」

父親《ちちおや》が、とんでもないことをいいだした。

夏休みがはじまってまもないというのに、外出禁止《がいしゅつきんし》なんて、できるわけがない。

「心配ないって。あ、そうだ。おれ、自転車《じてんしゃ》とりにいかなくちゃあいけないんだ。ちょっとハカセんちにいってくるね。」

両親《りょうしん》のわめき声《ごえ》をせなかにうけながら、ハチベエは家《いえ》をとびだした。

十五分後、ハチベエは市営《しえい》アパートの中庭《なかにわ》で、ハカセとモーちゃんに、さきほどの刑事訪問《けいじほうもん》の報告《ほうこく》をしていた。

「ふーん、そうか、警察《けいさつ》も、ぼくらのことに気づいたんだな。」

「例《れい》の新聞記者《しんぶんきしゃ》がしゃべったんじゃないの。袋町《ふくろ》のことは、あのひとしか知らないんだからよ。」

「そうか、村上《むらかみ》さんが話したのかもしれないなあ。なんといっても、あのフロッピーは重要《じゅうよう》な手がかりだもの。村上さんも、警察に知らせたほうがいいと判断《はんだん》したんじゃないの。」

「これで、荒木《あらき》さんを殺《ころ》した犯人《はんにん》もつかまるよねえ。」

モーちゃんが、いのるような目でふたりを見くらべる。

「どうかなあ。警察は、どこまで捜査《そうさ》しているんだろう。犯行《はんこう》につかわれた車が発見されたってニュースは、まだ新聞にも発表されていないよ。暴力団《ぼうりょくだん》がからんでいたっていう記事《きじ》もなかったし……。」

「それこそオンブズマンで、警察の捜査をしらべられないのか。警察も情報公開《じょうほうこうかい》するんだろう。」

「犯罪捜査《はんざいそうさ》の情報は、まずむりだろうね。」

ハカセがこたえたとき、アパートの中庭《なかにわ》に、黒い車がはいってきた。

「おや、八谷《はちや》くん、また会ったなあ。」

車からおりたったのは、さきほどの刑事《けいじ》さんたちだった。

「いま、荒井陽子《あらいようこ》さんの家《いえ》にいって、データをコピーしてもらったんだ。ついでに、きのう袋町《ふくろ》で出あった男のこともきいたんだが、さすがに女の子だな。服装《ふくそう》について、よくおぼえていたよ。男は、スーツの下に、黄色《きいろ》と黒のもようのはいったシャツを着《き》ていたそうだなあ。それからくつも、白のメッシュだったらしい。」

2

県警《けんけい》の刑事さんたちは、ハチベエからきいた子どもたち全員に、ききこみ捜査《そうさ》をしているようだ。ハカセとモーちゃんにも、例《れい》の写真《しゃしん》を見せて、袋町で出あった男によく似《に》た男はいないかどうか、たずねた。

ハカセが、捜査の進展状況《しんてんじょうきょう》について質問《しつもん》したが、刑事さんたちは、いずれもことばをにごして、おおくを語《かた》らないままハカセとモーちゃんに、それぞれ名刺《めいし》をくばってもどっていった。警察《けいさつ》の情報開示《じょうほうかいじ》はなかなかむずかしい。

「ね、へたに話すと、捜査《そうさ》がやりにくくなると思っているんだよ。それに、個人《こじん》のプライバシーにかかわることもあるだろうし。」

ハカセは、さいしょからあまり期待《きたい》していなかったようだ。

やがてハチベエは、きのうの夕《ゆう》がた、アパートのそばにおきっぱなしにしていた自転車《じてんしゃ》に乗って帰っていき、ハカセも自分《じぶん》の家《いえ》にひきあげていった。

モーちゃんも、わが家《や》へもどった。母親《ははおや》は、すでに会社《かいしゃ》に出かけていたが、高校生のタエ子姉《こねえ》さんは、いまだ自室《じしつ》のベッドで就寝《しゅうしん》ちゅうである。

夏休みになってからの姉さんは、お昼《ひる》にならなければ起きてこない。

モーちゃんも、じつは、さきほどハカセの電話《でんわ》でたたき起こされたくちだから、いまだ朝食《ちょうしょく》を口にしていなかった。

母さんが用意《ようい》してくれていた朝食にむかうべく、食卓《しょくたく》にすわったとたん電話が鳴った。どうもけさは電話がおおい。いつになったら朝食にありつけるのか。

いくぶんふきげんな声で、受話器《じゅわき》にむかって応答《おうとう》する。

「奥田《おくだ》くん？　あたし、榎本由美子《えのもとゆみこ》でーす。きみのところにも刑事《けいじ》さんがきたの。」

「うん、さっききたよ。」

「ハチベエくんがおそわれたんだってね。びっくりしちゃった。」

「ああ、そうか。榎本さんは、まだ知らなかったんだね。」

「スタンガンでおそわれたんだってね。こわいなあ。あたしも、きのう、喫茶店《きっさてん》で、例《れい》の男たちを目撃《もくげき》してるでしょ。それで、刑事さんに、その連中《れんちゅう》の人相《にんそう》なんかくわしくきかれたの。あたし、思うんだけど、ハチベエくんをおそったのは、喫茶店にいた、もうひとりの男のほうじゃないかって。だって、まだ若《わか》かったもの。スキンヘッドっていうの。頭《あたま》をつるつるにそっていてね。ピンクのシャツ着《き》て、だぶだぶのズボンはいていたから、ハチベエくんをおそったやつと、服装《ふくそう》が一致《いっち》するのよ。」

「そうか。じゃあ、やっぱり、あの連中が、ハチベエくんをねらっていたんだなあ。」

「それに、刑事さんが見せてくれた写真《しゃしん》のなかに、そいつによく似《に》た男がうつっていたのよ。」

「ほんと……？」

「あたしも、そんなにはっきり見たわけじゃないけど、なんとなく感《かん》じが似《に》ていたの。」

「そのこと、刑事《けいじ》さんに話したの。」

「ええ、自信《じしん》ないけど、なんとなくこのひとに似てるって。でも、あの写真《しゃしん》にうつっていたの、だれかしら。」

「暴力団《ぼうりょくだん》らしいよ。」

「暴力団……？　うそっ……。刑事さん、なんにも説明《せつめい》してくれなかったんだもの。じゃあ、あたし、暴力団のひとを犯人《はんにん》あつかいしたってわけ。どうしよう、あたし殺《ころ》されるかも……。」

「まさか、そんなことないと思うなあ。でも、それがほんとうなら、荒木《あらき》さんを殺したのも、その暴力団かもしれないね。そのこと、ハチベエちゃんに知らせたの。」

「ううん、きみがさいしょ。ハチベエくんには、あなたから話しておいてね。それから、あたし、悪《わる》いけどきみたちとおつきあいしないから、そのことも話しておいてくれない。」

「おつきあいしないって……。どういう意味《いみ》？」

「だからさあ、荒木《あらき》さんの事件《じけん》のことで、いろいろしらべたりすること。暴力団《ぼうりょくだん》に、あたしもハチベエくんの仲間《なかま》だって思われるの、いやだもの。こわいわ。」

「そうか、そうだよねえ。ハチベエちゃんだって、おそわれたんだものなあ。」

モーちゃんも由美子《ゆみこ》の気持ちはじゅうぶん理解《りかい》できた。できることなら、モーちゃん自身《じしん》も、ハチベエとのおつきあいは、ごめんこうむりたいところだが、さすがに、そうもいかないし、ハチベエに、それを表明《ひょうめい》する勇気《ゆうき》もない。

ともあれ、当分《とうぶん》のあいだ、できるだけ首《くび》をすくめて、事件解決《じけんかいけつ》の日を待《ま》つほかないだろう。

由美子やモーちゃんの心配《しんぱい》をよそに、それ以後《いご》、オンブズマン・スリーのまわりには、これといった変事《へんじ》も起こらなかった。メンバーがあやしい人物《じんぶつ》につけねらわれることもないし、正体不明《しょうたいふめい》の電話《でんわ》がかかることもない。

ハカセは、毎日のテレビや新聞報道《しんぶんほうどう》に注意《ちゅうい》をはらっていたが、あれ以来《いらい》、荒木さんの事件の続報《ぞくほう》もないし、いわんやミドリ市長《しちょう》に関《かん》する不祥事《ふしょうじ》が公表《こうひょう》されることもなかった。

村上《むらかみ》さんからは、その後《ご》、いちどハカセのところに電話《でんわ》があって、フロッピーにうつっていた画像《がぞう》の人物《じんぶつ》について調査《ちょうさ》しているが、なかなか正体《しょうたい》がつかめないという報告《ほうこく》があったきりだ。

七月も終わり、八月になった。

オンブズマン活動《かつどう》も、あれ以来《いらい》まったくやめてしまい、去年《きょねん》と同じ、のんべんだらりとした夏休みがつづいている。

その朝も、ハチベエは、朝食《ちょうしょく》のあとも茶《ちゃ》の間《ま》でごろごろしながら、テレビのワイドショーをながめていた。九時を十分ばかりすぎたころだったろうか。

「おい、ガールフレンドから電話だぞ。」

店《みせ》のほうから父親《ちちおや》の声がした。

「ガールフレンド……。」

とっさにハチベエは、陽子《ようこ》の顔《かお》を思いうかべた。彼女《かのじょ》とは、袋《ふくろ》町からの帰り、市電《しでん》のなかで熱《あつ》い視線《しせん》をかわして以来《いらい》あっていなかった。

そうか、おれが、あれっきりなんにも連《れん》絡《らく》しないから、じれったくなって電話《でんわ》してきたんだな。

ハチベエは大きく深呼吸《しんこきゅう》すると、受話器《じゅわき》をとって、できるだけよそ行《ゆ》きの声でこたえた。

「はい、八谷良平《はちやりょうへい》です。」

電話の向こうから、せきこんだ声がひびいてきた。

「ああ、いてくれてよかった。あたし、安《あん》藤圭子《どうけいこ》……」

「なんだ、圭子かよう。」

「失礼《しつれい》ね。あたしじゃ、悪《わる》かった。」

「あ、いや、べつに……。朝っぱらからな

ん の用だ。」

「あのね、あたし、いま大手町《おおてまち》にいるの。由美子《ゆみこ》といっしょに買いものにきたの。いまいるのは三角建設《さんかくけんせつ》のミドリ支社《ししゃ》のまえ……。」

「三角建設……? なんだよ、それ。」

「あんた、三角建設も知らないの。有名な建設会社《けんせつがいしゃ》なのに。ま、いいわ。いま、三角建設の支社のビルのまえを歩いていたらさあ、すごくりっぱな黒い車がとまったの。そしたらビルのなかから三人ばかり、スーツのひとがとびだしてきてね。車に最敬礼《さいけいれい》するのよ。いったいだれがおりてくるのかと思ったら、これも、ぱりっとしたスーツを着《き》た男のひとが車からおりてきたのよ。そのひと、すごくいばってってね。出迎《でむか》えのひとにも、あんまりあいさつしないで、ビルのなかにはいっていったわ。」

「それが、どうしたんだ。そのビル、三角建設のビルなんだろ。そんなら会社《かいしゃ》の社長《しゃちょう》じゃないの。」

ハチベエが気のない返事《へんじ》をすると、圭子《けいこ》の声が一オクターブ高くなった。

「話は、さいごまできさなさいよ。あたし、車からおりてきたひとの顔《かお》みたとき、あれ、どこかで見たことがあるなって思ったの。それで、すぐに思いだしたわ。ほら、荒木《あらき》さんのフロッピーのなかにうつっていたひと、あのひとそっくりなのよ。」

「おい、それって、ほんとかよ。」

「まちがいないわ。たしか、ホテルのロビーでうつっている写真《しゃしん》、こぶとりで髪《かみ》が白くて、金縁《きんぶち》のめがねかけてる、あのひとにまちがいないの。ねえ、どうしよう。」

「おまえ、いま、どこにいるんだ。」

「だから三角建設《さんかくけんせつ》のビルの向《む》かい側《がわ》から、ケータイでかけてるの。由美子《ゆみこ》もまちがいないっていってるわよ。ちょっと由美子にかわるわね。」

すぐに、いくぶん鼻《はな》にかかった由美子の声がした。

「圭子《けいこ》のいうとおりよ。あたしも、はっきり見たもの。まちがいないわ。それに……。」

由美子の声が、いくぶん低くなった。

「ここ、市役所《しやくしょ》の近くなんだけど、もしかして、荒木さんの事故現場《じこげんば》も、この近くじゃないかしら。」

「ほんとかよう。こいつは、すげえぞ。おまえたち、このこと、ほかのやつに連絡《れんらく》したか。」

「陽子《ようこ》は八月になっていなかに帰っちゃってるし、ハカセくんは、けさから市立図書《しりつとしょ》館《かん》に出かけたんだって。しかたがないから、きみのところに電話《でんわ》したってわけ。」

このさい、ハチベエのところが何番目《なんばんめ》でもあまり気にしないことにしよう。

「ううん、どうしようか。とにかくおまえら、そこで見はってろよ。おれ、超特急《ちょうとっきゅう》でいくからよ。」

「こんなところにいるの、いやよ。だってこのあいだの暴力団《ぼうりょくだん》に見つかったら、どうするのよ。それより警察《けいさつ》か新聞社《しんぶんしゃ》に連絡しましょうよ。きみ、刑事《けいじ》さんの電話番号《でんわばんごう》しってるんでしょ。あんたから通報《つうほう》してくれない。」

「待《ま》て、まて、そいつはまだ早いぜ。そうだな。うん、こうしよう。そこから市立図書館は、そんなにはなれてないだろ。おまえらは図書館にいって、ハカセをさがせよ。おれは、モーちゃんを連《つ》れて、図書館にいくから。」

「ああ、それならいいわ。」

由美子《ゆみこ》も、なんとかなっとくしたようだ。

3

それから四十分後、ハチベエは、モーちゃんをひきつれて、お城《しろ》の近くにある市立《しりつ》図書館《としょかん》の玄関口《げんかんぐち》に到着《とうちゃく》した。夏休みの図書館は、けっこうにぎわっていて、玄関前《げんかんまえ》の駐輪場《ちゅうりんじょう》には、はやくもたくさんの自転車《じてんしゃ》がおかれていた。

玄関口《げんかんぐち》の植《う》えこみのそばに、由美子《ゆみこ》が心ぼそげに立っていた。

「どうした。ハカセは見つからないのか。」

ハチベエがどなると、由美子がかけよってきた。

「ハカセくんは、もう大手町《おおてまち》の三角建設《さんかくけんせつ》にいったわよ。圭子《けいこ》もそっちで待《ま》ってるの。あたしは、あんたたちを待ってたわけ。」

「なんだよ。そんならおれたちもいこうぜ。」

ハチベエが、くるりとまわれ右《みぎ》をする。

「ねえ、あたし、昼《ひる》から用があるんだけど……」

こばしりに追《お》いかけながら、由美子《ゆみこ》がいった。

「昼《ひる》までには、まだ二時間くらいあるじゃないか。それに三角建設《さんかくけんせつ》の場所《ばしょ》、おれたちは知らないんだぜ。」

「だったら、三角建設のそばまでつきあうから、そのあとはあたし帰ってもいいかしら。」

「そりゃあ、まあ、いいけどよ。せっかく犯人《はんにん》が見つけられるかもしれないんだぜ。」

ハチベエは、由美子の気持ちがてんでわかっていないようだ。

図書館《としょかん》から市役所《しやくしょ》までは、歩いても十分ていどだ。由美子は市役所前の通《とお》りを南にくだり、つぎに右に折《お》れた。

「あれ、この道、例《れい》の事故現場《じこげんば》の通りじゃないか。荒木《あらき》さんがひかれたの、このあたりだぞ。」

ハチベエが両側《りょうがわ》の商店《しょうてん》を見まわす。

「やっぱり……。三角建設はね、この道のつきあたりなのよ。」

由美子は足をはやめる。

せまい道を百メートルほどすすむと、広い道路《どうろ》にぶっつかった。道路の両側《りょうがわ》には、ビルが建《た》ちならび、ビルの一階《かい》には、しゃれた店《みせ》がはいっていた。

由美子《ゆみこ》が無言《むごん》で指《ゆび》さしたのは、それら商店《しょうてん》のはいっていない、こげ茶色《ちゃいろ》のビルだった。ビルの玄関口《げんかんぐち》に『三角建設株式会社《さんかくけんせつかぶしきがいしゃ》ミドリ支社《ししゃ》』という金文字《きんもじ》のプレートがかかげられていた。

「ハカセちゃんや、安藤《あんどう》さんは……」

モーちゃんが、あたりを見まわす。

「おかしいわねえ。あたし、圭子《けいこ》とふたりで、ここから、ビルの玄関《げんかん》を見はってたのよ。」

由美子《ゆみこ》も道路《どうろ》の左右《さゆう》を見まわすが、圭子のすがたはおろか、ハカセのすがたも見えない。

「おまえが図書館《としょかん》にいったのは、何時ころなんだ。」

「九時半くらい。ハカセくんを見つけるのにちょっとてまどったけど、それでも五分もかからなかったと思うなあ。事情《じじょう》を話したら、ハカセくん、すぐに圭子に合流《ごうりゅう》するからって、図書館《としょかん》をとびだしていったわ。」

「と、いうことは、いまから一時間前か……。」

ハチベエが、腕時計《うでどけい》を見た。もう十時四十分をまわっていた。

「ふたりとも、ビルのなかにはいったんじゃないの。」

モーちゃんが、ちらりと三角建設《さんかくけんせつ》の玄関口《げんかんぐち》に視線《しせん》をとばす。

ビルの玄関は、いろんなかっこうのひとが出入りしていた。

「そうだなあ。一時間もこんなとこにつったってるのは、しんどいよなあ。」

すでに夏の日ざしが照《て》りつけ、立っているだけで汗《あせ》がにじみ出てくる。

「よし、おれたちもなかにはいろうぜ。もしかすると、例《れい》の写真《しゃしん》の男を見つけられるかもしれない。」

ハチベエが通《とお》りをわたりかけると、由美子《ゆみこ》があわてたようにいった。

「ねえ、ねえ。あたしは、これで失礼《しつれい》してもいいかしら。」

ハチベエが、じろりと由美子をにらみつける。

「おまえなあ。圭子《けいこ》やハカセのこと、心配《しんぱい》じゃないのか。もしかしたら悪者《わるもの》につか

まってるかもしれないんだぞ。」

ハチベエのことばに、由美子《ゆみこ》も反論《はんろん》できないようだ。そばからモーちゃんが、とりなし顔《がお》でささやいた。

「榎本《えのもと》さん、安藤《あんどう》さんが見つかるまで、つきあってよ。」

由美子も、しかたなく小さくうなずく。

ハチベエは、すでに歩きはじめていた。

三角建設《さんかくけんせつ》のビルの玄関《げんかん》は、こい色ガラスのドアになっていて、内部《ないぶ》は見えないようになっていた。ハチベエがドアのまえに立つと、ガラスのとびらがしぜんにひらく。

なかはてんじょうの高いロビーになっていて、みぎてにはソファやテーブルがあり、スーツすがたの男たちが、何人も話しこんでいた。

反対側《はんたいがわ》は受付《うけつけ》になっていて、制服《せいふく》の女性《じょせい》がひとりすわっている。おくのほうには、エレベーターが何台もならんでいた。

「圭子《けいこ》やハカセは、いないみたいよ。」

由美子が、すばやくあたりを見まわした。

「おかしいなあ。あいつら、どこにいっちまったんだろう。」

ハチベエがおくのエレベーターのほうに歩きかけると、受付《うけつけ》のよこに立っていたガードマンらしい制服《せいふく》の男が近よってきた。

「ぼうや、だれかに面会《めんかい》なの……？」

「あ、いえ、ちょっと友だちをさがしているんです。おれと同じくらいの男の子で、めがねかけているんです。女の子もいっしょだと思うんだけど。」

「うーん、きょうは、子どもの来社《らいしゃ》はなかったけどなあ。きみたち社員《しゃいん》のお子さんですか。」

「そうじゃないけど……。知ってるひとがいるんです。」

「知り合いをたずねてみえたんだね。だったら、そこの受付で名前をいったら連絡《れんらく》してくれるよ。」

ガードマンが、かたわらの受付をあごでしめしたときだった。

エレベーターのとびらがあいて、ふたりの男が出てきた。ハチベエは、ガードマンと話していたのでふたりのすがたには気づかなかったし、モーちゃんも、すぐうしろに立ってハチベエとガードマンのやりとりに気をとられていたから、エレベーターから おり立った男を見ていなかった。

背後《はいご》で由美子《ゆみこ》の小さな叫《さけ》び声《ごえ》がしたとき、ハチベエと、モーちゃんのふたりのうしろに、その連中《れんちゅう》が立っていたのである。

「こりゃあ、みょうなところで会ったなあ。」

白いスーツにはでなシャツを着《き》た、長身《ちょうしん》の男がハチベエの肩《かた》に手をまわした。そして、もうひとり、頭《あたま》もまゆ毛《げ》もきれいにそりあげた若《わか》い男も、モーちゃんの背後《はいご》に立って、いつでもつかまえられるようにみがまえている。

「あの、お連《つ》れさんですか。」

ガードマンが、いくぶん警戒《けいかい》ぎみにたずねた。

「ああ、おれの知り合いだ。おれをさがしにきたんだろう。そうだな、ぼうや。」

男は、ぐいとハチベエのからだをおした。

「どうもおじゃまさま……。そうだ、本社《ほんしゃ》の脇田常務《わきたじょうむ》に、三浦《みうら》がよろしくいっていたってつたえといてくれ。と、いっても、おたくにいってもむりだよなあ。」

男は、ハチベエの肩《かた》に手をおいたまま、入り口のほうに歩きかけたが、受付《うけつけ》のまえで、スーツの胸《むね》につけていた一枚《まい》のカードを、ぽんとほうりだしながら、うしろにひかえている若者《わかもの》をふりかえる。

「若宮《わかみや》、そのぼうやも連れてこい。」

スキンヘッドが、「おすっ」と、低い声でこたえ、これまたモーちゃんの腕《うで》をつかんだ。

ふたりは、そのまま三角建設《さんかくけんせつ》の玄関《げんかん》を出た。そのあいだ、ハチベエもモーちゃんも声を発《はっ》することができなかった。ふたりをつかまえたのが、例《れい》の二人組にちがいないと悟《さと》ったとたん、さすがのハチベエも、おどろきのあまり、頭《あたま》のなかがまっ白になってしまったのである。

玄関を出た白スーツの男は、ハチベエの肩《かた》に手をまわしたまま、あたりを見まわしていたが、道路《どうろ》を横断《おうだん》して、反対側《はんたいがわ》にある喫茶店《きっさてん》にはいっていった。そしていちばんおくのほうの席まで歩いていくと、ハチベエをすみのボックスにおしやった。つづいてはいってきたスキンヘッドも、モーちゃんをおくにすわらせる。

MENU

白スーツは、反対側《はんたいがわ》のいすにすわりこむと、つきさすような目で、ハチベエとモーちゃんをながめまわした。

「おたく、八谷良平《はちやりょうへい》さんていうんでしょう。」

「……。」

いまだ口がきけないハチベエに、男は、ちらりととなりの若者《わかもの》を見た。

「こないだは、うちの社員《しゃいん》がてあらなことをしちまって、もうしわけありませんねえ。このわびは、きちんとさせてもらいますよ。でもねえ、これには事情《じじょう》があったんです。ほら、袋町《ふくろ》で、おたくたちがにげだしたのがいけないんですよ。あのとき、おたくが、自分《じぶん》の話をきいてくれていたら、あんなてあらなことはしないですんだんですがねえ。どうです、いい機会《きかい》だから、ちょっと話しあいませんか。なに、そんなに時間はかかりませんから。ねえ、いいでしょう。」

男は、ばかていねいなことばでいっきに話しかけると、にやりと口のはしをまげてわらいかけてきた。

「じ、事情って、どんな事情なんですか。」

やっとのことで、ハチベエが発言《はつげん》する。

ここは町《まち》なかの喫茶店《きっさてん》だ。いくら暴力団《ぼうりょくだん》でも、まさかこんな場所《ばしょ》で、ハチベエを殺《ころ》したりはしないだろう。

「そうですか。話をきく気になってくれましたか。いやあ、よかった、よかった。そうだ、なにか注文《ちゅうもん》しましょう。おたくたち、なににしますか。」

「は、はい。ええと、コーラ……。」

「ぼ、ぼくはですね。クリームソーダとチーズケーキがいいです。」

モーちゃんが、おずおずとリクエストする。

いかなる場合《ばあい》でも、モーちゃんの胃《い》ぶくろは、元気いっぱいなのである。

4

若《わか》い男がウエイトレスに注文《ちゅうもん》するあいだに、男は名刺《めいし》をとりだして、ハチベエとモーちゃんにわたした。名刺には、「エンゼル興業株式会社《こうぎょうかぶしきがいしゃ》　取締役社長《とりしまりやくしゃちょう》三浦一郎《みうらいちろう》」と、特大《とくだい》の文字がならび、そのよこに、ミドリ市内《しない》の住所《じゅうしょ》と電話番号《でんわばんごう》などが書いてあった。

ハチベエは、あれっと思った。てっきりやくざかと思っていたが会社《かいしゃ》の社長《しゃちょう》だったのだ。

「じつはですね。自分《じぶん》と荒木《あらき》さんは、共同《きょうどう》で取材《しゅざい》をやっていたんです。ほら、例《れい》のフロッピーのデータをご覧《らん》になったでしょ。ミドリ市《し》の市長《しちょう》が、東京《とうきょう》に出張《しゅっちょう》ちゅうにこっそり大阪《おおさか》まで出かけて、これまた東京からやってきた三角建設《さんかくけんせつ》の常務《じょうむ》や部長《ぶちょう》たちと、よからぬ取り引きをしていた。その事実《じじつ》をつかんだから、これを徹底的《てっていてき》に調査《ちょうさ》して、うちの新聞《しんぶん》で公表《こうひょう》しようということになっていたんです。

ところが、荒木さんが、ああいうことになったもんだから、こちらもびっくりしてねえ。しかも荒木さんは連中《れんちゅう》に消《け》されたうたがいがある。それならば、是《ぜ》が非《ひ》でも、市長と三角建設《さんかくけんせつ》の癒着《ゆちゃく》をあばいて、荒木さんをやった犯人《はんにん》をみつけてやらないと、ほとけもうかばれんでしょうが。

まあ、そんなことで、こちらとしては、どうしてもあのフロッピーを回収《かいしゅう》しておかなくちゃあいけなかったんです。」

そのとき注文《ちゅうもん》の品物《しなもの》がとどいた。男は、とたんに話をやめて、ポケットからたばこをとりだした。すかさずとなりにすわっている若者《わかもの》が、ライターで火をつけた。

ハチベエとモーちゃんは、なんとなく顔《かお》を見あわせる。いまの話がほんとうなら、この男たちは、荒木《あらき》さん殺害《さつがい》の犯人《はんにん》どころか、荒木さんのみかたということになる。

「ええと、それじゃあ、三浦《みうら》さんは、新聞社《しんぶんしゃ》の社長《しゃちょう》さんなんですか。」

「自分《じぶん》の会社《かいしゃ》はいろんなことをしてるんです。新聞発行《しんぶんはっこう》もやってますよ。ま、そういうわけでね。ちょうど、けさ、三角建設《さんかくけんせつ》の本社《ほんしゃ》の常務《じょうむ》が支社《ししゃ》にやってくるという情報《じょうほう》がはいったんで、本人《ほんにん》にちょくせつ話をきこうと思って社をたずねたんだが、どっこい、ガードがきつくてねえ。支社の連中《れんちゅう》が会わせてくれないんです。

まあね、こっちにもよわいところがあってねえ。荒木さんは、もうひとつ、とっときのネタをしいれていたはずなんだ。そいつと、例《れい》の写真《しゃしん》がセットにならないと、確《かく》たる証拠《しょうこ》にならないんです。それで、ものは相談《そうだん》なんだがね。おたくが荒木さんからあずかった、もうひとつの品物《しなもの》をだねえ。こちらにかえしてもらいたいんだよ。」

「もうひとつの品物……?」

「ほらあ、例のカセットですよ。三角建設《さんかくけんせつ》の連中《れんちゅう》と市長《しちょう》が、大阪《おおさか》の中華料理店《ちゅうかりょうりてん》で会食《かいしょく》しているときの録音《ろくおん》テープがあったんでしょう。あれも、こちらにもどしてほしいんですよ。」

三浦《みうら》と名のる男が、じっとハチベエの顔《かお》をみつめる。

「あのう、おれ、そんなものあずかってませんよ。おれが荒木《あらき》さんからあずかったのは、あのフロッピーとコピーだけだから。」

ハチベエがぼそぼそと話すのを、男がとちゅうでさえぎった。

「子どもが、うそをついちゃいけないよ。おたく、テープのなかみ、きいたんでしょう。テープをきいたから、市長といっしょにうつっていた写真《しゃしん》のおあいてが三角建設の脇田常務《わきたじょうむ》や、西野不動産部長《にしのふどうさんぶちょう》、それに企画部長《きかくぶちょう》の谷口《たにぐち》だってことがわかった。だから三角建設におしかけてきたんでしょう。それにしても、おたくたち、子どもだけで、なにをしでかすつもりだったんですか。まさか、連中から金をひきだすつもりじゃないよねえ。」

「お、おれたちはオンブズマンなんです。賄賂《わいろ》をもらっている政治家《せいじか》を見つけたいんです。それから荒木《あらき》さんを殺《ころ》した犯人《はんにん》を見つけて……」

ハチベエは、おなかに力をいれると、そうこたえた。

「オンブズマンねえ。へえ、そうか、おたくのおやじさんかだれかが、オンブズマンしてるわけか。ま、それはいいとして、もし、録音《ろくおん》テープをわたしてくれるんなら、荒木さんを殺した連中《れんちゅう》のことをおしえてやってもいいですよ。そっちの見当《けんとう》はついているんだから。」

「おじさん、荒木さんを殺した犯人、知ってるんですか。」

モーちゃんが、思わずからだをのりだす。

「こちらも商売柄《しょうばいがら》ね。それなりの情報網《じょうほうもう》はあるんです。荒木さんをやったのは、三角《さんかく》建設《けんせつ》から仕事もらってる業者《ぎょうしゃ》ですよ。唐戸産業《からとさんぎょう》っていう産廃業者《さんぱいぎょうしゃ》が飼《か》っているチンピラのしわざだそうです。」

男がそこまでしゃべったときだった。

ふいに、四人のよこに人影《ひとかげ》が立った。

「三浦《みうら》、おもしろそうな話だな。その話、ちょっと署《しょ》できかせてくれんか。」

県警《けんけい》のふたりの刑事《けいじ》が、テーブルのそばに立ちはだかっていた。

若者《わかもの》のほうが立ちあがりざま、刑事にとびかかろうとしたが、すかさず刑事のひとりがきき腕《うで》をねじまげてしまった。

「若宮保《わかみやたもつ》、抵抗《ていこう》すれば、公務執行妨害《こうむしっこうぼうがい》で緊急逮捕《きんきゅうたいほ》するぞ。」

「おれが、なにしたっていうんだよ。」

若者がわめいたが、刑事はおちついたものだ。

「七月二十五日午後《ごご》五時ごろ、市内花山《しないはなやま》町の路上《ろじょう》でこの子をおそっただろう。スタンガンを使用《しよう》した、りっぱな強盗傷害事件《ごうとうしょうがいじけん》じゃないのか。」

若《わか》い刑事が笑《わら》いをふくんだ声でいうと、ねんぱいの刑事も白スーツの肩《かた》に手をおいた。

「おまえさんにも、署《しょ》まで同行《どうこう》してもらわんとなあ。強盗教唆《ごうとうきょうさ》の容疑《ようぎ》もあるし、さきほどの荒木不二男殺人事件《あらきふじおさつじんじけん》の情報《じょうほう》も、くわしくききたいからな。警察《けいさつ》に協力《きょうりょく》してくれるよなあ。」

白スーツは、ほっと息《いき》をはきだした。

「やれやれ、だんながたの耳にはいったんなら、しかたがないなあ。わかりました。任意同行《にんいどうこう》でも事情聴取《じじょうちょうしゅ》でも協力《きょうりょく》いたしましょう。若宮《わかみや》、心配《しんぱい》するな。おとなしくだんなのいうとおりにしていたら、すぐに帰してもらえるからよ。」

「そうだ。ひとつおしえてやろう。おまえさんが気にしていた録音《ろくおん》テープだが、あれは、この子たちにはわたっちゃあいないよ。あれはほとけのバッグにはいっていたんだ。いま、署《しょ》のほうであずかっている。」

中年刑事《ちゅうねんけいじ》のことばに、白スーツは、いっしゅん息《いき》をのんだように刑事《けいじ》の顔《かお》をながめたが、すぐに、にやりとわらった。

「へえ、そうだったんですか。ちっ、こっちが気をまわしすぎたってことか。」

そのとき、入り口のほうからふたりの男がとびこんできて、白スーツと若者《わかもの》をかこむようにしながら外に連《つ》れだしていった。

そのあいだ、ハチベエとモーちゃんは、身をよせあうようにしながら、ことのなりゆきをながめているだけだった。

ふたりの男が喫茶店《きっさてん》の外に連れだされたのといれちがいに、こんどは小さい人影《ひとかげ》がいくつもとびこんできた。

「ハチベエくん、モーちゃん……」

先頭《せんとう》はハカセだ。そのうしろから安藤圭子《あんどうけいこ》と榎本由美子《えのもとゆみこ》がつづく。いちばんさいごにあらわれたのは村上記者《むらかみきしゃ》だった。

「お、おまえら、どこにいってたんだよ。」

「ごめん、ごめん。ぼくたち、のどがかわいたから、そのさきの自販機《じはんき》でジュース飲《の》んでたんだ。そのあいだにきみたちは、三角《さんかく》ビルのなかにはいったらしいんだなあ。ぼくらがジュースを飲みおえて、ビルのまえに帰ってきたら、榎本《えのもと》さんにぱったりであってね。きみたちが、例《れい》の男たちに喫茶店《きっさてん》に連《つ》れこまれたってきいたから、すぐに警察《けいさつ》と新聞社《しんぶんしゃ》に連絡《れんらく》したんだよ。」

「ちっ、おまえら、まったく、どうしようもないやつらだなあ。おれたちが、どんなめにあったのか、知ってるのか。」

「どんなめって……。けっこうサービスよかったんじゃないの。」

ハカセが、テーブルの上を見まわす。ハチベエのまえには、コーラのコップがおか

れ、モーちゃんのまえには、チーズケーキとクリームソーダのカップがおかれていた。

「ともかく、きみたちがぶじでなによりだ。なにしろ、たちのよくない暴力団《ぼうりょくだん》だから、なにをたくらんでいるか、わかったもんじゃない。

しかし、あとは警察《けいさつ》にまかせなさい。連中《れんちゅう》には、たっぷりお灸《きゅう》をすえてやるから。」

ねんぱいの刑事《けいじ》が、ハチベエの肩《かた》をたたいた。

「あの、いまのひとたち、やっぱりやくざなんですか。会社《かいしゃ》の社長《しゃちょう》だって、いってたけど。」

ハチベエの質問《しつもん》に刑事は、にやりとわらった。

「あのねえ、暴力団が、自分《じぶん》は暴力団と名のると思っているのかい。連中だっておもてむきは、みんな会社組織《かいしゃそしき》にしてるんだよ。」

刑事さんは、村上《むらかみ》さんのほうをふりむいた。

「すまないが、あとのめんどうはそちらにまかせるよ。」

「わかりました。そのかわり、ネタのほうはよろしく。」

「わかった、わかった。おそらく三浦《みうら》がうたうから荒木殺《あらきごろ》しのほうも目鼻《めはな》がつくだろうし、そいつを突破口《とっぱこう》にして、本丸《ほんまる》に攻《せ》めこめると思うからな。」

刑事《けいじ》さんたちが喫茶店《きっさてん》を出ていったとたん、ハチベエとモーちゃんは、思わず深いため息《いき》をついたものである。

5

二日後の稲穂新聞《いなほしんぶん》に、荒木不二男《あらきふじお》さん殺害《さつがい》の犯人《はんにん》が逮捕《たいほ》されたというニュースが載《の》った。

犯人は市内《しない》の産廃業者《さんぱいぎょうしゃ》、唐戸《からと》産業社長《さんぎょうしゃちょう》、唐戸卓巳《からとたくみ》五十三歳《さい》と、社員《しゃいん》の丸山良則《まるやまよしのり》二十一歳で、丸山は社長の命令《めいれい》で、社長が用意《ようい》していた盗難車《とうなんしゃ》をつかって、荒木さんを尾行《びこう》し、大手町《おおてまち》の路上《ろじょう》でひき殺《ころ》したのだそうだ。

また、唐戸の供述《きょうじゅつ》により、荒木さんをおそったのは、三角建設《さんかくけんせつ》ミドリ支社《ししゃ》の土木課《どぼくか》長《ちょう》、桜井弥助《さくらいやすけ》四十歳の指示《しじ》によるものであったことが判明《はんめい》した。桜井容疑者《さくらいようぎしゃ》は、警察《けいさつ》の取《と》り調《しら》べにたいして、荒木さんが以前《いぜん》からなんども会社《かいしゃ》におしかけ、恐喝《きょうかつ》めいた言《げん》動《どう》をはくので、唐戸にやめさせてほしいと依頼《いらい》したことをみとめたという。ただ、具《ぐ》体的《たいてき》なことはいっさい指示《しじ》したこともないし、これはあくまで個人《こじん》の判断《はんだん》で、会社《かいしゃ》ぐるみの犯罪《はんざい》ではないと供述《きょうじゅつ》しているそうだ。

しかし、警察《けいさつ》は会社の上層部《じょうそうぶ》からの指示があったものとみて、きびしく追及《ついきゅう》してるという。

新聞記事《しんぶんきじ》には、荒木《あらき》さんの恐喝《きょうかつ》の内容《ないよう》については、なにも書かれていなかった。

記事が載《の》った日の夕《ゆう》がた、ハチベエの家に、県警《けんけい》の刑事《けいじ》さんがやってきた。

「このあいだは、いろいろたいへんだったね。おかげで荒木さんの一件《いっけん》は一段落《いちだんらく》ついたよ。」

ねんぱいの刑事さんはそういいながら、手にしていた透明《とうめい》のポリぶくろをハチベエのほうにつきだした。

「若宮《わかみや》っていう、三浦《みうら》の子分《こぶん》がひったくったリュックがもどってきたから、届《とど》けにきたんだ。これにまちがいないね。」

「あ、はい、それです。」

ポリぶくろのなかには、まごうかたなきハチベエのリュックサックがはいっていた。

「なかの品物《しなもの》のうち、荒木《あらき》さんのフロッピーとコピー用紙《ようし》だけは、事件《じけん》の証拠物件《しょうこぶっけん》としてあずかっているが、手帳《てちょう》と鉛筆《えんぴつ》はかえすから、内容《ないよう》を確認《かくにん》のうえ、この書類《しょるい》に署名《しょめい》してください。」

ハチベエは、わたされた書類に住所《じゅうしょ》と名前《なまえ》を書いた。

店《みせ》のおくからとびだしてきた母親《ははおや》が、刑事《けいじ》さんにぺこぺこおじぎをくりかえす。

「このたびは、いろいろご迷惑《めいわく》をおかけいたしました。」

「いやあ、いろいろありましたが、お子さんの活躍《かつやく》で、殺《ころ》しのホシもあげることができたんです。こちらこそお礼《れい》をもうさねばなりません。」

「でもねえ、この子の話では、暴力団《ぼうりょくだん》がらみの事件《じけん》なんでしょう。あとあと、うちの子がねらわれるってことはありませんか。お礼参《れいまい》りとか、なんとか……」

母親がいくぶん不安《ふあん》げにたずねたが、刑事は手をふった。

「その心配《しんぱい》は、まったくありません。連中《れんちゅう》がねらっていたのは、こちらのお子さんじゃないんです。たまたまお子さんの持っていた品物だけがほしかったんです。お子さんたちは、たまたままきこまれただけですし、そのあたりのことは、連中もわかってますから、今後《こんご》お子さんのまえにあらわれることはないでしょう。」

「なら、いいんですけどねえ。」

ハチベエの母親《ははおや》は、いまだ心配《しんぱい》そうに、ほっとため息《いき》をついた。

ともあれ、荒木《あらき》さんを殺《ころ》した犯人《はんにん》はつかまったが、かんじんのミドリ市長《しちょう》と三角建設《さんかくけんせつ》の関係《かんけい》は、いまだに新聞《しんぶん》にも公表《こうひょう》されていない。

「おい、賄賂《わいろ》のほうは、どうなってるんだ。おまえ、村上《むらかみ》さんから、なにかきいていないのかよ。」

ハチベエは、顔《かお》をあわすたびに、オンブズマンのメンバーであるハカセに、情報開示《じょうほうかいじ》を請求《せいきゅう》するのだが、ハカセの返事《へんじ》は、いつもおなじだ。

「ぼくも気になっているから、村上さんにきいてみるんだけどね。警察《けいさつ》も、いまのところ、内偵《ないてい》ちゅうだからって、なにもおしえてくれないんだそうだよ。」

「荒木さんがかわいそうだよ。せっかく苦労《くろう》して写真《しゃしん》とったり、録音《ろくおん》したりしたんだろ。それがもとで殺《ころ》されたんだからねえ。」

モーちゃんも、口をとがらせる。

三角建設《さんかくけんせつ》とミドリ市長《しちょう》の関係《かんけい》が、稲穂新聞《いなほしんぶん》にとりあげられたのは、それから一週間《しゅうかん》もたってからだった。

『ミドリ駅北開発《えききたかいはつ》の疑惑《ぎわく》』と題《だい》した記事《きじ》だった。

これによれば、このたびミドリ市《し》が計画《けいかく》している市が所有《しょゆう》している遊休地《ゆうきゅうち》処分《しょぶん》にからんで、市長と大手建設会社《おおてけんせつがいしゃ》のあいだに、なんらかの取り引きがあったのではないかという疑《うたが》いがあるというのだ。

昨年《さくねん》の十一月と十二月の二度にわたり、東京《とうきょう》に本社《ほんしゃ》のある某建設会社《ぼうけんせつがいしゃ》の幹部《かんぶ》たちが、大阪《おおさか》で大塚市長《おおつかしちょう》としたしく面談《めんだん》し、そのなかで、きたるべき遊休地《ゆうきゅうち》の民間売却《みんかんばいきゃく》のおりに、べんぎをはかってくれるよう、市長に要請《ようせい》。その見返りとして市長の後援会《こうえんかい》に年間一千万円にのぼる寄付《きふ》をすることを約束《やくそく》した。市長も、この要請を受諾《じゅだく》したというのである。

ただし、建設会社の幹部は、記者《きしゃ》のインタビューに、

「たしかにミドリ駅北開発に、当社《とうしゃ》も参入《さんにゅう》したいむねは話したが、なんらかのべんぎをはかってほしいという要請はしなかった。寄付は、あくまでも大塚氏《おおつかし》の政治姿勢《せいじしせい》に

賛同《さんどう》したまでのことである。」

と、こたえた。

また、大塚市長《おおつかしちょう》のほうは、駅北開発《えききたかいはつ》は、いまだ準備段階《じゅんびだんかい》で、特定《とくてい》の建設会社《けんせつがいしゃ》となんらかの取り決めをするなどという話はありえない。そうしたうわさは、自分《じぶん》を中傷《ちゅうしょう》するためのデマにすぎないとこたえたという。

この記事《きじ》が載《の》った日は土曜日《どようび》で、よく日《じつ》は日曜日《にちようび》だった。

朝の九時すぎ、ハカセからハチベエのもとに電話《でんわ》があった。

「村上《むらかみ》さんが、話したいことがあるから、家《いえ》にこないかってさ。きのうの記事のことらしいよ。」

午後《ごご》一時、花山団地《はなやまだんち》の村上《むらかみ》さんの家には、ひさしぶりにオンブズマン・スリーのメンバーがせいぞろいした。

「いやあ、いちどきみたちにも、報告《ほうこく》しなくちゃあと思っていたんだがね。きのうの新聞《しんぶん》は読んだかい。」

村上さんが、みんなの顔《かお》を見まわす。

「三角建設《さんかくけんせつ》の名前《なまえ》が載《の》ってませんでしたよ。インタビューにこたえたのは脇田《わきた》ってい
う常務《じょうむ》じゃないんですか。」
ハカセが不審《ふしん》そうに質問《しつもん》した。
「いまのところ、まだ会社名《かいしゃめい》がだせる状態《じょうたい》じゃないんだよ。と、いうのは、この問題《もんだい》
が市長《しちょう》と業者《ぎょうしゃ》の贈収賄事件《ぞうしゅうわいじけん》になるかどうか微妙《びみょう》なところでね。検察庁《けんさつちょう》もなやんでいる
ようだなあ。」
「荒木《あらき》さんが録音《ろくおん》したテープがあるんじゃないですか。それに例《れい》の写真《しゃしん》もあるし。」
「たしかにあれが捜査《そうさ》の糸口《いとぐち》にはなったんだ。きみたちはきいていないだろうが、
テープには、脇田常務《わきたじょうむ》たち三角建設の幹部《かんぶ》が大塚市長《おおつかしちょう》に、土地《とち》のはらいさげでべんぎ
をはかってほしいとたのんでいる声もはいっているし、市長も、わかりました。なん
とかしましょうと、はっきりこたえているんだがね。ざんねんなことに裁判《さいばん》になった
とき、証拠《しょうこ》として採用《さいよう》される可能性《かのうせい》がうすいんだなあ。」
「どうしてなんですか。」
「ひとつは、それが本人《ほんにん》の声だという確証《かくしょう》がないこと。いまひとつは、それを録音し

たのが荒木不二男《あらきふじお》という恐喝犯人《きょうかつはんにん》だったことだな。つまり、テープにしても例《れい》の写真《しゃしん》にしても恐喝の道具《どうぐ》に用意《ようい》されたものだから、裁判《さいばん》の証拠品《しょうこひん》になるかどうか。荒木さんが生きていて、証言台《しょうげんだい》に立てば、またちがった展開《てんかい》もあるかもしれないが、彼《かれ》はすでに死んでいるしねえ。

それから、もうひとつ、そもそもこれが贈収賄《ぞうしゅうわい》として成立《せいりつ》するかどうかも意見《いけん》のわかれるところでね。市長《しちょう》もコメントしていたように、市が所有《しょゆう》しているミドリ駅北口《えききたぐち》の土地は、まだ開発公社《かいはつこうしゃ》の所有だし、市役所《しやくしょ》もなんの具体的《ぐたいてき》な計画《けいかく》もたてていない段《だん》階《かい》だから、市長の権限《けんげん》は行使《こうし》できない。ということは、三角建設《さんかくけんせつ》にたいしてべんぎをはかれる状況《じょうきょう》ではないんだなあ。」

「じゃあ、三角建設は、なぜ一千万円も寄付《きふ》をしたんですか。」

「それは、今後《こんご》のことがあるからさ。駅北《えききた》の遊休地《ゆうきゅうち》について、ミドリ市《し》がなんらかの計画を立案《りつあん》するときに、市長がそれとなく指示《しじ》をだしてくる。それをうけて三角建設がうごく。まあ、それを見こしてのことだろう。」

「だったら、やっぱり賄賂《わいろ》じゃないか。」

ハチベエが、うなり声《ごえ》をあげる。

「そんなやつ、警察《けいさつ》は、どうしてつかまえないんだろう。」

「警察だって、ちゃんとした証拠《しょうこ》がなければ、つかまえるわけにはいかないんだよ。それに問題《もんだい》は、もっとべつのところにもあるんじゃないの。」

村上《むらかみ》さんが、もういちどみんなを見まわした。

「そもそも大塚正史《おおつかまさし》という人物《じんぶつ》をえらんだのは、有権者《ゆうけんしゃ》なんだよ。ミドリ市民《しみん》が、あのひとに投票《とうひょう》したんだからねえ。世間《せけん》では、政治家《せいじか》が悪《わる》いっていうけれど、そんな連《れん》中《ちゅう》をえらんだのも有権者なんだ。結局《けっきょく》のところ、有権者の責任《せきにん》ということになってくるんじゃないの。」

「なるほどなあ。そうか、悪徳商人《あくとくしょうにん》から賄賂《わいろ》をとるようなやつに投票するのが悪いんだよなあ。母ちゃんと父ちゃんに、よくよく注意《ちゅうい》しておかなくちゃあ。おかしなやつに投票するなって……。待《ま》てよ、父ちゃんも母ちゃんも、ちゃんと投票にいってるかなあ。」

ハチベエの両親《りょうしん》が、どこまで政治《せいじ》に関心《かんしん》があるのか、子どもとしては、はなはだ心もとない。

村上《むらかみ》さんが、ふと、思いだしたようにいった。

「そうだ、あのことも知らせておかなくちゃあ。じつはね、きのう、おもしろいことをきいたよ。ミドリ市《し》の市民《しみん》オンブズマンのグループが、市長《しちょう》の出張経費《しゅっちょうけいひ》について、監査請求《かんさせいきゅう》をだしたそうだ。これが受理《じゅり》されると、おもしろいことになるよ。もしかすると、こっちのほうが有望《ゆうぼう》かもしれない。」

「それって、どういうことなんですか。」

ハカセが、ふしぎそうな顔《かお》をした。

「彼《かれ》らは、例《れい》の十一月と十二月の市長の出張《しゅっちょう》について、市長が提出《ていしゅつ》した経費《けいひ》の請求伝票《せいきゅうでんぴょう》を徹底的《てっていてき》にあらいなおすよう、市《し》の監査委員《かんさいいん》に請求《せいきゅう》しているんだ。つまり、市長が上京《じょうきょう》ちゅうに、こっそり大阪《おおさか》に出かけているとすれば、当然《とうぜん》その間《かん》の東京《とうきょう》での交通費《こうつうひ》や宿泊代金《しゅくはくだいきん》は、架空《かくう》の伝票《でんぴょう》をきっていることになる。本人《ほんにん》は大阪行《い》きをかくすためににせの請求伝票を書いたんだが、これは、へたをすると刑事事《けいじじ》件《けん》に発展《はってん》するかもしれないんだ。」

「刑事事件《けいじじけん》って、犯罪《はんざい》なんでしょ。」

「もちろんりっぱな犯罪さ。公務員《こうむいん》が、泊《と》まりもしないホテル代や、乗りもしないタクシー代を請求《せいきゅう》していたんだからね。とうぜん警察《けいさつ》も介入《かいにゅう》してきて、当時《とうじ》の市長の行動《こうどう》をそっちの方面から徹底的《てっていてき》に調査《ちょうさ》できる。」

「へえ、おれたちの仲間《なかま》もやるじゃないか。」

ハチベエが明るい声でいった。

「ねえ、ねえ。ぼくらも、負《ま》けないように活躍《かつやく》しようよ。」

モーちゃんの声もはずんでいる。

「そうだなあ。夏休みちゅうに、もういっぺん市役所《しやくしょ》に情報《じょうほう》もらいにいこう。陽子《ようこ》は、もういなかから帰ってきたかな。」

彼《かれ》の頭《あたま》には、いまだ、
オンブズマン＝女にもてる
という公式《こうしき》が健在《けんざい》なのだ。

《解　説》

『実際活動から生まれた』

長谷川《はせがわ》　潮《うしお》

　はじまりは、テレビの連続《れんぞく》ドラマ『ひょっとこ侍《ざむらい》』だった。悪《わる》い家老《かろう》と悪徳商人《あくとくしょうにん》をやっつける諸国見張《しょこくみは》り役《やく》のひょっとこ侍に、モーちゃんはパチパチと拍手《はくしゅ》をおくる。『ひょっとこ侍』はテレビ局から本当に放映《ほうえい》されたものではなくて、作者のつくった架空《かくう》のドラマである。それでも、読んでいるとまるでテレビの画面を見ているような気持ちになる。

　モーちゃんがこの『ひょっとこ侍』を見たことがきっかけとなって、ハチベエが自動車にはねられたひとから資料《しりょう》をあずかったり、暴力団《ぼうりょくだん》の男に追《お》われたりして、冒険《ぼうけん》活劇《かつげき》が展開《てんかい》されるのだ。

テレビドラマは架空《かくう》だし、そもそも『ズッコケ情報公開《じょうほうこうかい》㊙《マルヒ》ファイル』だって作者のつくったお話である。劇（お話）のなかに組みこまれた別《べつ》の劇（お話）を劇中劇《げきちゅうげき》というが、作者はここで、劇中劇をとてもうまくつかっている。

ところでハチベエたちの冒険活劇《ぼうけんかつげき》は、ただハラハラするだけのものではない。作者はそれをとおして、すごくまじめで重要《じゅうよう》なことを語《かた》っているのである。

＊

ある県庁《けんちょう》の耕地課《こうちか》という職場《しょくば》に、職員《しょくいん》（公務員《こうむいん》）が三十二人いて、そこで一年間にボールペンを四千五百本買ったことになっていた例があったそうだ（38ページ）。すると、ひとりあたり一年間で百四十本になるが、そんなにつかうわけがない。作者が書いているように、「そのお金は、べつのほうに横流《よこなが》し」されたのである。

そういう不正《ふせい》をしないように見はるのがオンブズマンであり、オンブズマンがその活動において利用するのが〈情報公開制度《じょうほうこうかいせいど》〉である。この作品はそのオンブズマンと

〈情報公開制度《じょうほうこうかいせいど》〉をテーマにしたもので、つまり現実《げんじつ》の社会問題《しゃかいもんだい》をあつかっている。
村中李衣《むらなかりえ》さんは、ズッコケ文庫の『ズッコケ山岳救助隊《さんがくきゅうじょたい》』の解説《かいせつ》で、「ズッコケシリーズは、日常生活《にちじょうせいかつ》のものと、冒険《ぼうけん》・探険《たんけん》もの、のふたつに分《わ》けることができ」る、といっている。たくさんあるものを種類別《しゅるいべつ》にする（分類《ぶんるい》する）というのは、ものごとを考えるときのすぐれた方法のひとつである。

村中さんの分類とはべつに、もう少し細かく、たとえば、歴史編《れきしへん》、学校編《がっこうへん》、冒険編《ぼうけんへん》、社会編《しゃかいへん》などと分けていいなとわたしは考えた。

その場合、『ズッコケ情報公開㊙ファイル』は、〈報道《ほうどう》〉の問題に取り組んだ『とびだせズッコケ事件記者《じけんきしゃ》』や、〈経済《けいざい》の仕組《しく》み〉を取り上げた『うわさのズッコケ株式《かぶしき》会社《がいしゃ》』とともに、社会編に属《ぞく》する。どれもが、社会の重要《じゅうよう》な問題《もんだい》にするどく切りこんでいる。

「情報公開制度《じょうほうこうかいせいど》というのは、国民の知る権利《けんり》を保障《ほしょう》する制度《せいど》だ」（40ページ）と、作者は述べる。つまり『ズッコケ情報公開㊙ファイル』は、三人組が市長の行動をめぐる事件《じけん》に巻《ま》きこまれていくなかで、そのだいじな国民《こくみん》の権利《けんり》について知り、実行《じっこう》していく物語である。

ところで〈情報公開制度《じょうほうこうかいせいど》〉について考えるときは、まず、〈情報〉とはなにかということを確認《かくにん》しておく必要《ひつよう》がある。

たとえばこの作品には、芸能人《げいのうじん》にかかわるできごとをつたえる「芸能情報《げいのうじょうほう》」ということばが出てくる。

クラスのAさんが、テストで一〇〇点をとったのも情報だし、おとなりに赤ちゃんが生まれたのも情報である。ただし、Aさんの得点《とくてん》に関心《かんしん》をもたないひとや、赤ちゃん誕生《たんじょう》に関心をもたないひとには、それらは情報として意味《いみ》がない。つまり、世《よ》のなかのあらゆるできごとのうち、それぞれのひとが関心をもつことがらが、そのひとにとって情報なのである。

それでは、Aさんの得点に関心をもつのは、クラスの生徒だけだろうか。そうではない、たとえば、学習塾《がくしゅうじゅく》の経営者《けいえいしゃ》にとって、生徒たちの得点は重要な情報である。また、赤ちゃん用品販売店《ようひんはんばいてん》にとっては、誕生のニュースは見のがせない情報である。

なにかの仕事をするうえで、関連《かんれん》した情報を手にするほうが有利《ゆうり》だが、しかしいっぽうで、情報《じょうほう》をひろげられてはこまる、ということもある。学校の先生が、生徒《せいと》のテストの点数をだれにでも教えていいだろうか。それはいけないことである。生徒の立《たち》場《ば》としては、それは個人情報《こじんじょうほう》であり、個人情報をむやみにひろげないこと、つまり個人情報が保護《ほご》されることは、これも国民《こくみん》の権利《けんり》である。

情報を公開《こうかい》させる権利と、情報が保護される権利とは、むじゅんするのではないかという疑問《ぎもん》が生まれるかもしれない。しかし、基本的《きほんてき》にはむじゅんしない。というのは、〈情報公開制度《じょうほうこうかいせいど》〉の対象《たいしょう》は、〈公文書《こうぶんしょ》〉だからである。公文書とは、国とか都道府《とどうふ》県《けん》とか市町村《しちょうそん》とかの行政団体《ぎょうせいだんたい》がつくる書類《しょるい》である。

公金《こうきん》（国民が納《おさ》めた税金《ぜいきん》）で運営《うんえい》される行政団体は、仕事の内容《ないよう》とか、公金の使い方とかを、国民にいつでも明らかにしなければならない。しかし実際《じっさい》には、公金が公務員自身《こうむいんじしん》の利益《りえき》のためにつかわれたりする。役人《やくにん》や議員《ぎいん》がそういうことをしないように目を光らせるのがオンブズマンであり、目を光らせるための手段《しゅだん》が〈情報公開制度〉である。

この作品のハード版にある作者の「あとがき」によると、作者は実際に地元の市民オンブズマン活動に参加しているという。つまりこの作品は、作者のそういう社会的《しゃかいてき》活動《かつどう》、現実《げんじつ》の政治《せいじ》にたいする実際的《じっさいてき》な働《はたら》きかけをもとにして生まれた。だからこそ、この作品はまさに「社会編《しゃかいへん》」なのである。

＊

さて、ハチベエはひょっとこ侍《ざむらい》にあこがれている。ひょっとこ侍がいつも美女の熱《あつ》い視線《しせん》をあびるからだ。ひょっとこ侍は「江戸時代のオンブズマン」だと解釈《かいしゃく》したハカセは、それを知らないハチベエに、「国や地方の行政《ぎょうせい》の見張《みは》り役《やく》」だと教える。するとハチベエは、すぐにつぎのような「公式」を組み立てた。

ひょっとこ侍＝オンブズマン
ひょっとこ侍＝女にもてる
ゆえに
オンブズマン＝女にもてる（27ページ）

はじめにふたつの条件《じょうけん》をしめして、そこからなにかの結論《けつろん》をみちびきだす考え方を、三段論法《さんだんろんぽう》という。ものごとを理論的《りろんてき》に考えることはたいせつだが、しかし、三段論法のかたちをとっているからといって、いつでも正しい結論《けつろん》が出るわけではない。

それが正しいかどうかを判定《はんてい》するには、事実《じじつ》と照《て》らし合わせればよい。ハチベエがオンブズマンをやっても、女性《じょせい》にそれほどもてそうにないから、この「公式《こうしき》」はまちがっている。

そういう「公式」を組み立てるハチベエは、ズッコケている。けれども、知る権利《けんり》をとおして、政治《せいじ》や行政《ぎょうせい》を本当に国民のものにしなければならないという作者の主張《しゅちょう》は、もちろんズッコケてはいないのである。

収録作品について

ズッコケ情報公開《じょうほうこうかい》㊙《マルヒ》ファイル　新・こども文学館・55
ポプラ社(2002・7.刊)

2005年3月　初版発行

ズッコケ文庫・Z-45

ズッコケ情報公開㊙ファイル

著　者　那須正幹
原　画　前川かずお
作　画　高橋信也
監　修《キャラクター》　前川澄枝
発行者　坂井宏先
発行所　株式会社ポプラ社
東京都新宿区大京町22-1・〒160-8565
振替　00140-3-149271
電話〔営業〕03-3357-2212　〔編集〕03-3357-2216
〔受注センター〕03-3357-2211
FAX〔ご注文〕03-3359-2359
インターネットホームページ http://www.poplar.co.jp
印刷所　瞬報社写真印刷株式会社
製本所　大和製本株式会社
Designed by Tomohisa Umano

ISBN4-591-08573-2 N.D.C.913/214p/18cm
落丁本・乱丁本は送料小社負担でお取り替えいたします。
ご面倒でも小社営業部宛にご連絡下さい。

ポプラ社文庫を座右におくる

日本の出版文化数百年の歴史からみて、今日ほど児童図書出版の世界が、あらゆる分野にわたって絢爛をきわめ、豪華を競っている時代はない。多くの先人が、営々として築きあげた児童文化の基盤に、後進の新鋭が、新しい魂の所産を孜々として積み上げてきた、その努力の結果がいま美しく開花しつつあるといってよいと思う。反面、自由な出版市場に溢れる児童図書の洪水は、流通の分野で混乱をおこし、読者の立場からいえば、欲しい本が手に入らないという変則現象を惹きおこすことになった。加えてオイルショックに始まった諸物価の高騰は、当然出版物の原価に跳ね返り、定価の騰貴をよび、読者を本の世界から遠ざけるマイナスを招いてしまった。

ポプラ社は昭和二十二年以来、数千点に及ぶ児童図書を世におくり、この道一筋の歩みをつづけて来た。幸い流通市場の強力な支援をうけ、また製作部門のささえもあって、経済界の激動を直に読者へ転嫁しない方策を講じて来たつもりである。しかし三十年の出版活動の中に生んだ、世評の高い諸作品が、ややもすれば読者の手に届かない欠陥のあることを憂い、ここに文庫の形式をとり、選ばれた名作を、更に読みやすく、廉価版として読者の座右におくることにした。この文庫の特長は、児童図書の一分野に企画を留めず、創作文学、名作文学、少女文学等、幅の広い作品を紹介し、多くの読者に、本に親しむ楽しさを堪能してもらうところにおいた。ご批判と、変わらぬご愛顧をたまわれば幸いである。

（一九七六年十一月）